青涩作家与文学少女编辑

薰风社的责任编辑
天野远子

青涩作家和文学少女编辑
—— 001

早川绯砂

既然如此，我们就来搞
清楚谁才是远子小姐最
棒的作家吧。

青涩作家与绯闻淑女

—— 067

叫雀宫同学太啰嗦了，
我就叫你快斗吧。

仁木

寒河江

鸣见

青涩作家和大惊小怪的同学

125

青涩作家与翻书的文学少女

感触、思绪、迷惘、
烦恼、痛苦……

都变成了像星光一样
灿烂的创作粮食。

亲爱的，"文学少女"……

文学少女

青涩作家与
文学少女编辑

〔日〕野村美月 著　〔日〕竹冈美穗 绘

哈娜译

人民文学出版社

PEOPLE'S LITERATURE PUBLISHING HOUSE

著作权合同登记号：图字 01-2021-5892

图书在版编目（CIP）数据

青涩作家与文学少女编辑 / (日)野村美月著；
(日)竹冈美穗绘；哈娜译. -- 北京：人民文学出版社，
2023

（文学少女）
ISBN 978-7-02-017729-5

Ⅰ.①青… Ⅱ.①野… ②竹… ③哈… Ⅲ.①长篇小
说 – 日本 – 现代 Ⅳ.①I313.45

中国版本图书馆CIP数据核字(2023)第013518号

责任编辑　朱卫净　　李　殷
装帧设计　汪佳诗

出版发行　人民文学出版社
社　　址　北京市朝内大街166号
邮政编码　100705

印　　制　山东新华印务有限公司
经　　销　全国新华书店等

字　　数　80千字
开　　本　787毫米×1092毫米　1/32
印　　张　7
版　　次　2021年12月北京第1版
印　　次　2023年3月第1次印刷

书　　号　978-7-02-017729-5
定　　价　49.00元

如有印装质量问题，请与本社图书销售中心调换。电话：010-65233595

青涩作家与文学少女编辑

她告诉过我，《伊势物语》描写的是一位迷倒众生的英俊贵公子。

　　皇帝、皇后、男主角的青梅竹马，甚至是侍奉神明的斋宫都爱上了他。

　　在弥漫着灰尘的味道且密不通风地塞满旧书的图书馆角落，她以清脆温柔的声音对抱膝而坐的我说话。

　　她打工时都会穿及胸的奶油色围裙，柔顺美丽的茶色头发扎成两束马尾。

　　我一靠近她就能闻到淡淡的甜香，擦了浅粉唇膏的嘴唇透着明亮的光泽。摇摇摆摆的马尾，看得我心跳加速，呼吸紊乱，不自觉地脸红。

　　"……这是小孩的发型。"

　　我故作不屑地转开头，她却抱着几本书对我嫣然微笑。

　　"很有文学少女的味道吧？"

◇　　◇　　◇

本人雀宫快斗的一天，是在上午十一点半从一杯黑咖啡开始的。

我在滤杯里放好纯白的滤纸，再将电动磨豆机磨出的咖啡粉倒进去。

拿着装满沸水的茶壶沉思片刻，让心情沉淀下来。

先倒一些热水闷蒸，再以画圈的方式继续注入。

我一边用鼻子享受随着热气散发出的微苦芳香，一边等待深褐色的咖啡逐渐装满咖啡壶，同时打开书房的电脑，坐在有靠背的旋转椅上，检查编辑部发来的电邮，然后开始搜索。

关键词当然是"雀宫快斗"。

结果共有816345项。

对于刚出道一年多的新作家而言，真是非比寻常的数据了。

不过，毕竟我才过十五岁就获得了有悠久传统的薰风社文学新人奖的特别奖。随后，得奖作品又变成了畅销书，畅销书改成了长篇系列，不到一年就已经出版至第十一集，销售量累积至三百七十万本。再加上帅气的外形，经常担任年轻时尚男性杂志的模特，我已经是年收入超过一亿日币的明星作家，会有这种搜索数据也是可以理解的。

即使是在网络世界，我那些热情的粉丝，也应该在极力赞美着我那酷劲十足又机智灵巧的作品吧。像这样每天早上去浏览他们的发言，也算是我这样伟大创作者的工作之一。

就像我那已经改编过动画、漫画、连续剧，而且有超多周边产品的"硬派高中生业平凉人"系列的主角一样，我露出精明而优雅的笑容点下鼠标……

"'业平'系列好无聊！烂透了！"

"我在二手书店里看完了，无聊到我都笑了。"

"主角是高中生，还拥有情报员的身份，酷帅聪明又骄傲，所有女生都爱他，这是作者自己的幻想吧？太夸张了，肤浅得让人真不舒服。"

"真不敢相信这种东西可以得到薰风社的新人奖。看来薰风社是堕落了，这根本是轻小说嘛，大社名誉扫地啊。"

"我是看到腰封上写什么'另一位井上美羽''井上美羽第二''天才高中生作家'之类的评价才买的，看完以后还真想讨回浪费掉的时间和金钱。我第一次看书看到砸墙。美羽的书比'业平'系列精彩感人百万倍好吗？两者完全不能相提并论。如果《仿若晴空》的羽鸟是未经雕琢的钻石，那么凉人只能算是堆狗屎。作者近照也太做作了，还摆姿势，恶心。"

"我看到封面是漫画插图就不想买了，内容果然也是垃圾。"

"这个系列是踩雷书单的第一名。"

"自以为是帅哥（笑）的作者应该立刻一了百了，向读者谢罪。"

我看着看着，抓着鼠标的手开始颤抖，胸口郁闷难耐，血液上冲，最后终于忍不住大吼："哇啊啊啊啊啊！开什么玩笑啊！外行！你们这种脑袋粗糙、水平低下的文盲哪里看得懂我的杰作！竟然叫我一了百了？还要我谢罪？你们怎么不去跳海呀！批评我笔下超帅、超酷、超完美主角的人一定都是死胖子、丑宅男！百分之百只会家里蹲！"

我指着电脑痛骂半天，坐在椅子上疯狂踩脚，还是消除不了满腔怒火。

脑袋和身体逐渐发烫。

我身为年收入超过一亿日币的作家，又是型男模特，让这些每个月零用钱最多只有五千日币、打工时薪不超过八百五十日币的低收入者轻视成这样，我还能默不吭声吗？被人家这样羞辱，我还能像石头一样沉默吗？

不可能！我可是年收入过亿日币的作家雀宫啊！

我握紧拳头站起。

宣告比赛开始的钟声在我的脑海中响起，可是敌人躲在电脑屏幕之后，我束手无策。

可恶！竟然在公开场合大刺刺地留下"无聊、狗屎"这样的书评！还自以为是地说"这本书只值一颗星！"，你以为自己是米其林的评委吗？

"作者既肤浅又无趣，作品也一样无聊。这个人大概明年就会消失了吧。算了，反正我也不会再看他的书了。给他一颗星都太抬举了，半颗还差不多。"

忍无可忍！

我抓起鼠标，就要往台式电脑砸去……

这时书房的门开了，一个开朗的声音说：

"你好，快斗。"

大概是来找我开会讨论的编辑。我嫌每次都要去玄关开门很麻烦，直接给了备用钥匙，所以编辑可以自己用钥匙开门进来。

编辑看见我气冲冲举起鼠标，当场发出尖叫。

"不行！不能这样，快斗！"

说完便冲过来架住我。

"要是弄坏电脑，就不能写连载了！后天就是截稿日啦！"

"我可以拿备用的笔记本电脑写，放开我！"

"你上个月已经摔坏两台了！因为新书在网上只得到一星，你大吼'开什么玩笑！'，就把电脑砸在了墙上，墙壁都被砸出洞了！你难道忘了吗？"

呃，的确是这样……

"还有一次是你上猜谜节目，忍着不打喷嚏时鼻孔放大、眼睛眯起、下唇咬住的怪表情被人上传到留言板和视频网站，气得你把电脑丢进了装满热水的浴缸里。"

"干吗一直记住这些事！我、我才不可能做出那种狰狞、愚蠢、眼睛半闭的丑陋表情！"那张照片肯定是被人恶意修图的！一定是这样！

我的脸颊因耻辱而发烫，同时极力声明："我的眼睛可是漂

亮的双眼皮，鼻孔才没有那么大，嘴巴也不可能像鸭子！"

"是啊，真正的快斗就像歌德笔下的维特一样帅！所以拜托你，不要再破坏电脑了！"

"我呕心沥血写出来的作品被那些智商不足的低收入者诽谤成这样，我怎么可能默不作声啊！"

"批评也是一种声音啊，身为专业人士应该学会理性倾听呀。"

"难道说我鼻子整过，拍照老是一个角度，文章完全只体现了肤浅，明明三十岁却谎报年龄，标点符号并列的情况一共出现十七次，我也要像甘地一样忍气吞声地接受吗？"

她听得哑口无言。

"那、那个……这、这是因为他们喜欢快斗，才会看得这么仔细呀。在网上说你坏话的人都是傲娇啦！"

"什么傲娇啊！"

"对啦！一定是这样！所以这个系列才会一直加印呀！"她牢牢架住我的手臂，贴在我背上的头摇个不停，坚持地说。

唉，没办法了。

我放下鼠标，她总算松了口气，放开我的手。

然后她望着满脸不高兴的我，温和地笑了。

"谢谢你，快斗！你能忍下来真是了不起。"

那张可以用两手盖住的小脸挂满笑容，仰望着我。

那头柔顺美丽的黑发垂至腰间，左右两边都用发夹固定在后面，不过还是会随着她的动作摇曳，让我看得心里小鹿乱撞。

从朴素衣裙伸出的手脚和腰部曲线，也都纤细得仿佛一折就断，一双乌溜溜的眼睛充满感情又灵巧，嘴唇柔媚得像花瓣……

该怎么说呢……和我合作的薰风社编辑天野远子小姐真是个清纯的美人。

她是个成熟能干的姐姐，却又拥有少女般的可爱气质。

这个人到底几岁啦？光看那扁平的胸部简直像小学生……

"我今天带了特别的礼物喔。"

远子小姐一脸欣喜地交给我一叠信件。全是粉红色或水蓝色的浪漫风格信封，而且都已经打开过了。

上面用圆滑可爱的字体写着"给雀宫快斗老师"。

"是读者来信。"

她好像很高兴，笑逐颜开。

"有小学四年级的女生寄信来呢，她提到学校里发生的事，感觉好稚嫩啊。参加手工艺社的高一女生也很可爱，她说非常喜欢业平，还会录下动画和连续剧一看再看！而且她把连续剧中饰演业平的影浦智也的照片设成电脑桌面，每天早晚都跟他打招呼喔！也有男生写信来呢！他现在读初二，每天补习回家都会在地铁上看快斗的书，他还说好崇拜业平，希望能成为像业平一样帅气的男生呢！"

我拿着那叠信，慢慢走到垃圾桶前，松手一丢。

远子小姐顿时发出惨叫，飞奔过来。

"啊啊啊啊啊！你做什么啊！快斗！"

她的运动神经明明那么差，竟然有办法在信件掉入垃圾桶之前伸手接住，真是神乎其技。

远子小姐把信件搂在平坦的胸前，惊恐得嘴唇颤抖。

"怎、怎么可以丢掉读者来信！不可以浪费食物啦！"

食物？

她是不是吓到不小心说错啦？

"这些都是读者要传达给快斗的感情，饱含了名为爱情的调味料，怎么可以看也不看就丢掉呢！"她眼眶含泪地出言指责。

这表情还真不像大人，简直是女高中生嘛。

我耸肩说道："反正他们只是去图书馆借书来看，不然就是在旧书店整套买下，或是在网上下载。内容多半是'老师，请听听我的烦恼！'或是'某某老师会回信哦，希望快斗老师也能回信'之类的，看了只是浪费时间。"

远子小姐苦笑着说："可、可是……有这么多的作家，他们却看了你的书，还写信给你，想到这点不是应该很开心吗？会和你谈学校的事，或是找你商量烦恼，也是因为觉得和你很亲近嘛。"

"我才不管呢。素昧平生的人突然写信来装熟，我烦都烦死了。"

"作者和读者是由作品联系起来的，读者不是陌生人！"远子小姐说。

"明明就是毫无关系的陌生人。"我冷冷地反驳，"再说，我才不承认去旧书店买书或是去图书馆借书的是读者呢。他们在二手书店买书，作家又拿不到一毛钱。而且还有人拿到网上拍卖，说什么'买来以后一次都没看过，还是全新的'，害我看了都忍不住大骂'这卖家真是该死！给我下地狱受尽折磨吧！'。网上非法下载的就更不用说了，应该直接抓去坐牢。"

远子小姐难过地垂下眉梢："不行啦，快斗，怎么可以有这么阴暗消极的想法呢？重点并不是在哪里读的，而是读了之后的感想。非法下载的确不太好，我身为出版业的一员，也不鼓励这种行为……"

她吞吞吐吐地说着，然后笑得像幼儿园老师一样和蔼。

"但是我很喜欢图书馆呢，逛着一个又一个的书架，心里想着'这些书全都可以看呢'，不是很令人兴奋吗？说不定还能在这里找到值得一生珍惜的故事。没错！图书馆是为作家和读者提供幸福邂逅的乐园啊！"她双手交握，陶醉极了。

我却把头转开。

"唉，图书馆……"

情绪开始低落，我试着重振精神，转头望着远子小姐。

"故意在信上得意洋洋地说'在网上拍卖拍得的'是什么意思？根本没有考虑过我的心情。写信给我的全是这种人，看了也只会降低我写作的意愿，还不如趁早丢掉。"

远子小姐哀伤地垂下眉梢，然后气愤地说："那我就收回去啰，全部收走！这些我可以拿去吧？就算你哪天后悔，我也不会还给你喔！"

"好啊，请便。看你是要拿去生火烤栗子还是烤地瓜都行。"

"真是的！以后就算你哭着求我，我也不还给你了！"

她鼓着脸颊连连抱怨，又把信件收回包包里。

我若无其事地把咖啡倒在杯中。

远子小姐还是气鼓鼓的。

但她看到我拿出另一个杯子来，旁边还摆着砂糖和牛奶，便露出笑容。

这又没什么，反正泡一人份和两人份也没差多少。

我转过身去，站着喝完咖啡。

"谢谢你，快斗。我不客气了。"

远子小姐在我背后开朗地说。

"要开始讨论了吗？原稿已经写到哪里了？"

我看着窗口平淡地回答。

"当然都写完了。"

天野远子小姐以新编辑的身份来到我的公寓，大概是一个月前——十月中旬的事。

"初次见面，我是薰风社的天野远子，从今天起担任雀宫老师的责任编辑，还请多多指教。"

前几天我才刚和出道以来合作过的第四任编辑大吵一架，后来收到一封邮件，很敷衍地写着"明天会有新编辑过去"，隔天她就来了。

上一任编辑是个满脸胡碴的大叔。

"我要你修改的地方全都没改嘛，你有什么意见吗？这样不行啊，我解释了那么多你都没听进去吗？你才出道一年多，还是个高中生，相较之下我在业里待得更久，更了解读者的需求，如果你再不听我的指示，我就没办法继续当你的编辑了，雀宫。"

经过这番对话以后，我气得太阳穴青筋暴现，回嘴说："我也不希望你继续当我的编辑。"

结果他说："你会走红只是因为十五岁出道很少见，写书速度比别人快一点，再加上动画漫画改编得比原著更精彩。你最好早点发现，你的才能和同样在初中出道的井上美羽根本没得比。话说回来，你的架构和文笔明明不到得奖的水平，都是为了要制造噱头才会勉强颁发特别奖，要不然我们出版社怎么可能颁奖给这种只看漫画和轻小说的初中生写的作品呢?"讲完就气冲冲地走了。

在此之前的三个编辑也没好到哪里去,有的和那家伙一样自大,有的反而太软弱,听我说几句话就紧张到胃溃疡住院,再不然就是年轻热情却缺乏能力,老是捅娄子,一点都不管用,所以我想新编辑多半也是靠不住的。

因此当对讲机传出清澈动听的声音,电子屏显现出纤细的身影时,我不禁讶异地睁大眼睛。

这是我第一次碰到女编辑。

还是个年轻貌美的女编辑。

我开了门锁,让天野小姐进来以后,发现她比电子屏里看起来更清秀漂亮。

她穿着秋季薄外套和裙子,肩上挂着大包包,头发在颈后扎成一束。小小的耳朵旁边分散的几缕发丝十分柔亮飘逸,裙摆底下的双腿更是玲珑细致,她放在门口的无扣包鞋简直像是小孩尺寸。

"雀宫老师,请多多指教。"

她从包里拿出名片递过来。手指纤细优美,措辞也很客气,听在耳里很舒服。

我不禁怀疑,编辑部刻意找了个美女编辑来整治我。

若是这样我也不会中招,身为模特的我早就看惯美女了,再说她那干瘪的身材也没啥看头,这点程度的美女还不至于拐到我。

我板起脸孔,严阵以待。

"哎呀！是莎士比亚全集呢！"

天野小姐优雅地并拢双腿坐在沙发上，准备开始讨论今后的计划，不知为何突然站起，异常兴奋地冲到书柜前。

咦？

她纤细的身体背向愕然的我，好像想要整个人扑上书柜，极度亢奋地说："《麦克白》!《奥赛罗》!《哈姆雷特》!《李尔王》!啊啊，莎士比亚的作品仿佛会带人来到中世纪的餐桌，带有灰暗的滋味呢。完美融合了无花果、葡萄干味道的鲜鱼派！配上醋熘高丽菜和培根汤一起吃的硬面包！用暖炉做的蒸蛋配上咬劲十足的山猪肉！以鲜红果实酿成的酒！"

她、她在说什么啊？

我听得目瞪口呆，她却说得越来越开心，越来越兴奋。

"麦克白夫人喊着'手上的血怎么洗都洗不掉'的疯狂模样真的会让人全身发热颤抖，就像大口灌下黑莓酒一样。李尔王被他信任的女儿们冷落的情节有如盐渍鲱鱼，吃起来会让人的舌头和心胸都咸到发痛。《罗密欧与朱丽叶》同样是广为人知的名著，《暴风雨》和《仲夏夜之梦》每次品尝也都别有一番风味呢！"

我已经不只是愕然，而是茫然了。

这女人到底是怎么回事啊？

干吗在别人的书柜前这么忘我地发表美食评论啊？

"还有好多美味的名著呢！连日本经典也有！啊，是《伊势物语》!"

这声音开心得像是在菜单中找到了最爱的甜点，令我听得怦然心动。

她从书柜里抽出《伊势物语》抱在怀里，转过身来，我的心脏又开始狂跳。

多么开心的表情啊。

方才的她只是一朵清纯的蓓蕾，如今仿佛已在耀眼阳光之中绽放。

多么开朗、多么幸福、多么喜悦的表情。

天野小姐那双大而有神的乌黑眼睛直视着我，语气开朗地说："这本书我也很喜欢，每到冬天我都会坐在暖炉桌前一再阅读呢。"

她怜爱地望着封面，纤细的手指翻开书本。

"《伊势物语》是成书于平安时代初期的歌物语①。故事从一个年轻贵族的成年仪式开始，叙述他和不同女性之间的浪漫爱情故事，最后暗示了他的死亡……主角的模板据说是六歌仙之中的在原业平。业平出身皇室，外表风流倜傥，拥有俊逸诗才，是个洒脱奔放的男性。"

温柔的声音娓娓道来。

太奇怪了。

为什么我会呆呆地听她的文学讲座啊？

因为她手上拿的是《伊势物语》吗？

还是因为她对这本书的态度十分珍惜？

———————

① 歌物语，叙述中夹带和歌的故事。

《伊势物语》的味道就像用鲷鱼肉薄片、细细切开的柚子皮、鲜黄柔嫩的油菜花做成的散寿司。《筒井筒》是描写男主角和他的青梅竹马相恋结婚的故事，带有淡淡的甜味，可爱得让人心头揪紧。《芥川》叙述的是男人和贵族女性私奔的故事，女主角被鬼吃掉的情节也可以解释成女方家人追来，拆散了他们，尝起来就像嚼着油菜花一样苦涩而悲伤。这本书里充满了各式各样的爱情故事呢。"

　　天野小姐抬头一笑。

　　刚才她还像个孩子似的，此刻的笑容却是这么成熟温柔。

　　"我早就想过，见到雀宫老师以后一定要问这个问题。'硬派高中生业平凉人'系列的主角'业平'的创作构想就是来自《伊势物语》的在原业平吧？"

　　"呃，这……"

　　我惊讶得说不出话，脸也热了起来。

　　因为她说对了。

　　出道以来的这一年间，我接受了很多次访问。

　　我收过堆积如山的读者来信，网上也有人说"业平"系列是抄袭某某书，或是受到某某书很大的影响，还有人猜作者是某某书的书迷，全是些毫无根据的猜测。

　　可是就我所知，从来没有人看出"业平凉人"系列的业平是来自《伊势物语》的在原业平。

　　毕竟古典小说和现代冷硬派小说差距太大，而且在原业平是平安时代的贵族，业平凉人则是高中生情报员，没人看得出来也是理所当然。

前一任编辑甚至羞辱过我的作品，说我只看漫画和轻小说。

这个初次见面的人竟然能一语中的。

"您、您为什么这么认为……"

我不自觉地换了个礼貌的语气，天野小姐笑意更深了。

非常亲切的笑容。

"系列第一集里，圣吉布莉露学园的藤乃老师和业平之间有一段悲伤的恋曲，她在一夜幽会之后发信息给业平：'昨天的事，是梦还是现实呢？'业平回给她的是：'这得由你来决定，而不是我。'他还提出邀约，告诉她如果希望那是现实，今晚就再来确认一次吧。"

我愣愣地凝视她漆黑眼中的喜悦光辉。

"我读到这里，立刻想到第六十九篇的《难辨君来》。"

天野小姐开始吟诵《伊势物语》主角和斋宫在那禁忌的一夜之后互赠的和歌：

难辨君来或我往，只因似梦又如真。
何须忧虑心头影，醒梦虚实今夜知。

"斋宫说，分不清楚昨晚的事是做梦还是真实，是睡还是醒，男主角回答她，如果想知道是梦境还是真实，今晚就再过来确认吧。"天野小姐笑着对沉默的我说，"还有，业平第一次遇到藤乃老师时，无意间看到藤乃老师和女同学在更衣室换衣服，很罕见地慌了手脚。这段情节也让我想到刚举行过成年仪式的《伊势物语》主角偷窥春日野那对美丽姐妹花的场面呢。"

她愉快地说，那段的和歌也很清甜多汁，非常好吃。

接着她有点畏缩地说："那个……如果猜错的话实在很抱歉。"

我吃了一惊，心慌意乱地回答："不、不会，你猜对了。"

天野小姐恢复温柔的表情，抱着那本《伊势物语》开心地笑着。

"太好了!《伊势物语》和'业平'系列的味道虽然不太一样，但是都很美味，我都很喜欢喔!'业平'系列的味道就像糖渍橘皮配上黑巧克力，每次男女主角分离的场面都好苦涩，不过还是尝得出甜味呢。能够担任雀宫老师的编辑真是太棒了，我会努力让'业平'系列变得更美味的!"

变得美味是什么意思？糖渍橘皮是不是少了点活力啊？虽然我满脑子问号，但是一看到眼前那张柔和的笑脸就什么都顾不得了。

心脏跳得异常亢奋。

"哪里……我也请你多多指教。"

我这么回答。

过了一个月以后。

她一开始都很客气地叫我"雀宫老师"，不知不觉却变得像学姐对学弟说话一样随性，改口叫我"快斗"，甚至拿了我家的备用钥匙。

我觉得自己好像上当了。

远子小姐坐在沙发上，将牛奶和砂糖加进我泡的咖啡里，慢慢啜饮，开始读起打印出来的原稿。

正在月刊连载的"业平"系列原稿。

这份原稿是一月要刊登的，也就是两个月以后。

这一回的业平是和负债累累、在花店勤快工作的清花谈恋爱，同时也要处理各式各样的事件。

最近刚出版的十一月号，已经写到这两人陷入热恋的刺激情节。

不过，清花将在下个月要发售的十二月号里发现业平的身份，所以业平决定疏远清花。

这次也和前几集一样，都是业平和某个女子相识，对方爱上业平，然后发生某种事态让他们不得不分开，最后业平潇洒地甩了对方离去的经典架构。

无论别人怎么大骂"僵化公式""每一集都换汤不换药""已经看腻了""业平是该死的女性公敌"我都不理会。我坚信没有其他的剧情铺排方式能把业平的魅力表现得如此淋漓尽致，所以每一集都是灌注全部心力去写。

就算是单一模式，若能发挥到极致还是可以成为经典。

能够让读者明知故事架构一样却还是不得不买，恨得咬牙切齿，怨声连连，才算是一流的作家啊。

所以说，业平这次也得甩掉清花。

而且要甩得冷酷无情又帅气，撼动读者的心弦。

这样才是业平啊。

不过那也是三回以后的事啦，在一月号的原稿里，清花去学校找业平，却被他冷言以对。

清花还是一往情深地对业平示爱，说"无论如何我都喜欢凉人"。

靠，这实在太感人了！

我感动地沉醉在刚写好的情节中，一边望向正在看稿的远子小姐。

远子小姐的眼睛闪闪发亮，专注地扫过文字。嘴角挂着微笑，不时吃惊地吸气或是安心地呼气。

远子小姐无论是读书还是读原稿的时候都显得很幸福的样子，我在一旁看得也好感动，还会跟着她开心。

此外，我更在意远子小姐的感想，紧张得心脏扑通跳。

像这种时候，我最期待的是……

"太精彩了！这真是杰作啊！快斗真是个天才！没必要修改了，就算更动这稿子一个字都是冒渎神明啊。不需要给总编看，也不需要校对了，我直接拿到印刷厂去吧！"

诸如此类的赞美。

远子小姐当我的编辑一个月了，从不曾在看稿的时候说过这种话，我今天一定要听她说出来！

在我屏息注视之下，远子小姐读完最后一页，笑着抬起头来。

"很精彩呢，快斗。"

喔喔！

我正想高举双手欢呼时……

"如果再稍做修改一定会变得更精彩。"

什么！

我整个人都僵住了。

"唔……首先是开头，为了让刚接触这个系列的读者容易进入情境，最好先大致介绍一下业平的背景和个性。还有，业平经过花店门前的时候，如果能表现出他心中的天人交战，读者一定会更感动的。业平在校门口叫住清花的时候，最好增加一些描述，让读者知道他内心的犹豫。此外……"

她和颜悦色地不断指出该修改的地方。

喂喂喂！你的意思是这八十张原稿之中有一半都得重写吗？

而且竟然叫我写业平内心的犹豫，表现他心中的天人交战，这是在开玩笑吗？

"我有个提议，要不要试着安插一段业平当情报员之前的往事呢？如果读者看到业平也曾经只是个普通男孩，一定会对他更有认同感。"

我用力一跺脚，站起来说："驳回！我才不需要读者的认同感！"

远子小姐睁大眼睛。

我加上更多手势动作，表示坚决反对之意。

"你还没搞懂嘛，远子小姐。业平又不是能让低收入的凡人有认同感的废物，而是生来让人崇拜景仰的神话人物啊！他才不需要那种窝囊的往事咧！拥有神秘的过去才够性格、够帅气啊，要是写出他小学远足时坐在野餐巾上和朋友一起吃柴鱼饭团或煎蛋、喂食班上养的金鱼、和人手牵手上下学这类往事，就会破功了啦！"

远子小姐心平气和地说："没错，无所不能、充满谜团又完美的业平当然很棒，如果写太多往事也会折损作品的魅力。"

"所以说嘛，那就不用改了。"

"可是……"

远子小姐一脸遗憾地垂下眼帘。

"身为业平的热情粉丝，我好想知道这么迷人、这么完美的业平过去是什么模样，就算只知道一点点也好。"

她失望地垮下肩膀。

我心头一惊，不觉慌了手脚。

"业、业平是个不会回首过往的男子汉耶……"

远子小姐的头垂得越来越低。

"是啊，我知道，我的要求太过分了。不过真的好可惜喔，如果这么厉害、这么帅气的业平拥有令人意外的过往，我一定会比现在更喜欢他。"

"您……您是这样想的啊？"

糟糕，我的措辞又变成客气模式了。

"是啊，每个女生都想知道喜欢的人从前的事，知道以后会变得更喜欢呢。"

她抬头看着我。

那蒙眬泪眼看得我心跳加速。

"算了，没关系啦，勉强作家写自己不想写的东西是不会有好结果的，而且这样也有损编辑的专业性。"

她又无精打采地垂下视线。

如果是猥琐大叔编辑哭叫吵闹，只会让我觉得厌烦。

可是气质古典的黑发美女在我面前这么惆怅地低着头，教我怎么不在意啊？

唔——又不是我的错。又不是我的错。又不是我……

"也……也不是不行啦……"

我喘气般地说着，声音细若蚊吟。

"那个……这、这是特别通融，不能公开喔。"

我还来不及说出这句"不能公开"，远子小姐已经眼睛发亮，探出上身。

"你愿意写吗？快斗的书迷一定会很高兴的！谢谢你！"

"等一下……我的意思不是改稿，而是私下很快地写一写……"

"哎呀，可以很快写好吗？真不愧是创下三天写完一本书纪录的快斗呢！"

"我是说……"

"唔，包括我刚刚提到要修改的地方，四天写得完吗？"

远子小姐翻开手册说。

我忍不住大叫：

"你可别小看我，一天就够了。"

"咦！一天太少了啦，就算是快斗……"

看到远子小姐猛摇头，我更是说得义无反顾。

"不，就一天。"

"太厉害了！快斗真是天才！那我明天再来！我好期待看到业平的往事和内心纠葛啊！"

远子小姐阖起手册，留下批改得满篇红的原稿，踏着轻快的步伐走了。

这句"快斗真是天才"在耳中持续回荡，我得意得全身飘飘然，等到远子小姐的脚步声远去，我才惊觉事情不对。

我是在高兴什么啊！太得意忘形了！

这么一来不就得改稿了吗！

混账！事情为什么会变成这样？应该说，为什么"又"变成这样？上次我也是呆呆地中了同一招，不得不勉强改稿。

那次我也是听她捧一句"快斗真是天才!"就说"交给我吧!我会在一天之内写好的!"……哇啊啊啊啊!我怎么又上钩了啦!

我悔恨交加地扭着靠垫。

为什么?我为什么每次都被远子小姐牵着鼻子走?

以前我从来不管编辑的意见,始终坚持以自己的判断来创作,销售量也确实是持续增加。

为什么我就是抗拒不了远子小姐?

难道真的是因为她第一次见到我就提到《伊势物语》吗?因为我当时听得入迷,才会导致今天这种一败涂地的可恨结局吗?

每次看到远子小姐,我好像都会想到非常糟糕又可耻的事,忍不住心跳加速,脸颊发热。

那种感觉既甜蜜又悲伤——就像《伊势物语》主角一开始吟咏的和歌……

脑海中冉冉浮现过去的情景,我连忙将其抹去。

我才不需要过去!

没错!那种玩意儿我早就丢掉了!

现在的我已经当上了模特儿,身材高大又英俊,十五岁就捧着新人奖出道,是个才华横溢、年收入超过一亿日币的作家。

有人说我是同样在初中成为作家的井上美羽的后继者,或者批评我拿的只是额外增加的特别奖,销售量和文笔都比不上得到大奖的美羽,不过井上美羽出道时号称是"神秘的天才美少女作家",我看八成是个假扮女生的人妖。

我是不知道美羽长得怎样啦,可是美羽从来不露面,想想也知道一定是丑到没办法出来见人。

绝对是个矮胖的家里蹲。

此外，美羽的得奖作品出版之后已经有三年多毫无动静了，相较之下，出道一年多就出版十一本书的我当然更有实力。

现在去网络上搜寻我们的名字，我的结果是八十万项，美羽的结果是四百万项，差距还不小，但我要不了多久一定可以追上去。

没错！我雀宫快斗是即将在日本出版界创下空前伟业的男人！

如果我再继续对年轻的女编辑唯命是从，简直是自降天才明星作家的格调啊。

我看还是不要改稿了。

明天远子小姐来了以后，我要明确地告诉她这点，让她搞清楚当红作家和区区一介小编辑的身份差距。

我默默地下定决心，一屁股坐在椅子上，跷起二郎腿，神气地挺起胸膛。

到了隔天。

我像平时一样在上午十一点半起床，泡好咖啡，检查邮件，上网搜寻，结果看到的是"'业平'系列作者的雀宫快斗好像整形过""他的鼻子绝对动过手脚""双眼皮也很像假的""不过他现在一样是个爱装帅的丑男嘛"，气得我抓着荧幕浑身颤抖。

啊啊，真想揪着这些人的头丢进地狱谷。

为了转换心情，我走向公寓对面的便利店。

顺带一提，我从出道开始就一个人住在附有自动门锁和独立大信箱、距离车站仅有五分钟路程的大楼的二十五层。

我的老家就在市内，但我升上高中之后一次也没回去过。

表面上的理由是工作忙碌，其实只是不想见到父母和两个哥哥。

不过这也没什么大不了的啦，反正现在的我付得起每月二十八万圆的房租，而且再过不久，就能买下比老家更宽敞更豪华的房子了。

到了便利店，我把新推出的特大美乃滋猪肉便当、矿泉水、提神饮料、清新口味口香糖放进购物篮，走向柜台。

"请问便当要加热吗?"

"好。"

趁着年轻的男店员把便当放进微波炉，设定加热时间，我从口袋里拿出一沓缴费单放在柜台上。

我经常在网络上买东西，要是不多注意，缴费单就会越积越多。

接着我又从皮夹拿出三十张左右的日币万圆钞，压在缴费单上，店员看得瞠目结舌，排队结账的其他客人也吓得倒吸一口气。

呵，这点小钱对我来说只不过是零头。

我拨拨头发，展现出一副悠然自得的态度，然后提起装着热腾腾特大美乃滋猪肉便当的塑料袋走回我住的大楼。

对了，还没检查信箱。

我站在信箱区前，先开锁再打开信箱盖。

里面有个白色信封。

那是个很普通的长方信封，不过装得鼓鼓的。正面写着我的住址和"雀宫快斗老师收"，翻到背面一看，署名是"您的书迷"。

什么玩意儿啊？

只署名书迷还真可疑。

该不会是恶作剧吧？

我把信封带回家，本来想直接丢掉，却又压抑不住好奇心，打开一看。

雀宫快斗老师：

您好，我非常喜爱您的作品。

连载中的"硬派高中生业平凉人"系列也是每个月都满心期待地拜读。

先不管是不是匿名，这封信写得还挺得体的，字体既没有装可爱，也不潦草，写得十分端正易读。

接着又提到阅读我作品的感想，赞美之意溢于言表，让人看得很顺眼。

能够创造出像业平这么有魅力的角色，雀宫老师真是个天才。和夏目漱石、吉川英治、井上美羽相比，我更支持雀宫老师的作品，雀宫老师是我的神。

看到这里，我心想这人说得也太夸张了，我还是输给漱石"一点"啦，但也没有不舒服的感觉。

我最喜欢的角色当然是业平，不过正在连载的《潜血篇》的女主角清花既清纯又可爱，我也非常欣赏。她确实人如其名，是个像花一样的清秀女性。她为了还债放弃继续读大学，到花店努力工作，这份积极进取也感动了我。我认为只有清花有资格当业平最后一个恋人。

这人大谈自己有多喜欢清花之后……

可是业平最近对清花的态度也太冷酷了。
业平决定疏远清花，让我非常震撼，甚至觉得遭到背叛。

喂，等一下……
我的心脏猛然一缩。
业平决定疏远清花的剧情，应该是"下个月"发售的十二月号才会出现。
上周发售的十一月号里，两人感情逐渐升温，相处得正融洽，业平还去清花家里吃她亲手下厨的料理，幸福得不得了呢。
可是，为什么这个人会提到一般读者不可能知道的内容呢？
我不禁冒出冷汗。
信上还提到很多情节，都是还没发售的十二月号上才有的内容，这人一个劲地强调，业平应该和清花结婚，一辈子珍惜她、保护她，如果业平像对待过去那些女性一样甩了清花，或许自己会开始恨业平，清花和业平的恋情开花结果才是最好的结局，也能提高整个系列的价值。

最后这人又指示业平和清花今后应该如何发展，直到两人结婚，幸福圆满地结束系列为止，所有情节交代得一清二楚。

这家伙究竟是谁啊！

在读者来信或网络上对作品剧情评头论足的人多的是。

也有不少宅男只要觉得情节看不顺眼，就寄信到出版社抗议，甚至口出恶言。

那种人放着不管就好了。

可是，这家伙为什么会知道还没发售的小说内容？到底是在哪里看到的？

除了作家以外，没有几个人能读到发售前的作品，只有出版社、印刷厂、中介、书店相关人士……

以前也发生过还没出版的漫画被人非法上传至网络的事件。

可是，发售日还久得很，从时间来判断不可能是中介或书店。

剩下的是印刷厂和出版社。

不对，印刷厂也还没拿到吧？所以说，只剩出版社了！

难不成……

我的脑海闪过一道电光。

寄信来的是远子小姐！

我的脉搏一口气大幅飙升。

是啊，如果是我的责任编辑，别说是十二月号，就连刚写好的一月号和今后的剧情发展都很清楚。

信中那样详细地交代今后剧情应该如何发展也很奇怪，八成是伪装成读者，引导我要那样写。

信件一开始极力夸奖，把我捧上了天，然后又说哪里不好，这种手法也和远子小姐很类似。

手心不知不觉地冒出了冷汗。

我越想越觉得这封信不可能是远子小姐以外的人写的……

应该说，远子小姐才是嫌疑最大的人，她看起来就像会做这种异想天开的事。

所有读者都希望业平和清花在一起，绝不能像过去那样冷酷地拆散他们，女生都不会接受的。让他们两人结婚，为这个系列带来幸福美满的结局吧。

脑海中缓缓浮现出远子小姐面带清纯微笑，开心地说出这番话的模样，我不由得蹲下大叫"啊啊啊啊啊啊啊！"

是吗？真是这样吗？远子小姐是这样想的吗？

《伊势物语》和"业平"系列都很美味，我都很喜欢喔！能够担任雀宫老师的编辑真是太棒了，我会努力让"业平"系列变得更美味的！

说不定她是出版社派来终止这个系列的，所以故意用这种甜言蜜语让我掉以轻心？

一旦开始怀疑就停不下来了。

她那温柔的笑容和"太精彩了！"的赞美都是骗人的吗？这些全是演技吗？

如果知道了业平的过往，我一定会更喜欢他。

这句话也是为了终结系列而设下的布局吗？

好一只狐狸精！

我跪在地上，胸口疼得几乎裂开。

所谓的编辑就是这么回事嘛。是我自己太蠢，看她长得漂亮、说话客气，就对她推心置腹。

"远子小姐，你太残忍了……"

等等，我干吗讲得这么可怜兮兮的啊！

我暗自责备自己，咬牙切齿地说："妈的！我绝对不会让人腰斩我的'业平'系列！我一定要用空前绝后的冷酷手段狠狠地甩掉清花！"

两个小时后，远子小姐若无其事地来了。

"你好，快斗，我带了橘子果冻来慰劳你唷。原稿已经改好了吗？"她将果冻放进冰箱里，厚着脸皮问道。

我面色严峻地回答："还没。"

"咦？"

远子小姐睁大眼睛转过头来。

"这、这样啊……真是稀奇，你从来没有拖过稿呢。是不是哪里出了问题？我也帮忙想办法吧……"

"我是说我不改了。"

"快、快斗？"

"我绝对不改！死也不改！而且这个系列会一直写下去。叫我让业平和清花结婚？别开玩笑了！"

远子小姐似乎不理解我为何发怒。

"呃，让业平和清花结婚好像太过头了，而且业平只有十七岁，应该还不能结婚吧……"

哼，想让我放松戒备吗？

"快斗，发生什么事了吗？我请你修改的部分太困难了吗？"

她一脸担心地注视着我，我都快要心软了，但仍靠男人的尊严强撑下去。

我板着脸逼近她。

"！"

"远子小姐，你说你喜欢'业平'系列，是真的吗？"

"呃，是啊，当然是真的。"

大概是因为我贴得太近，远子小姐吓得全身僵硬。

"既然如此，我怎么写你就怎么刊登，不要再插手我和业平的将来了！还有，钥匙也还给我。"

远子小姐吃惊地望着满脸通红大声咆哮的我。

"我改天再来吧。"

远子小姐说完，把钥匙放在桌上就走了，而我的情绪还是一样低落。

我虽然对远子小姐大发雷霆，其实还不能确定写信来的就是她……可是我想得到的嫌犯只有远子小姐，而且我问她是不是真的喜欢"业平"系列时，她显然吓了一跳，语气变得吞吞吐吐，眼神也很惶恐……啊啊啊啊！烦死人了啦！

"随便啦，我不管了！"

谁管编辑要怎么啰嗦，以后我只写自己想写的东西。

我倒在沙发上，愤愤不平地抱着靠垫。

醒来时已经过了晚上七点。

肚子有点饿……

我用昏沉沉的脑袋思考，去便利店买晚餐吧，于是拿了皮夹出门。

搭电梯到一楼，经过信箱区时，我看到信箱口露出了广告传单的一角。

我抽出传单，丢进一边的垃圾桶里。不知道还有没有其他邮件，我打开信箱盖检查。

下一秒钟，我变得全身僵硬。

银色的信箱里有一个长方形的白色信封。

一天寄来两封？

心跳加速的我伸手拿起信封。这次的信也很厚。

正面写着地址和收信人，背后的署名写着"您的书迷"，和中午收到的那封一样。

我背脊发颤，当场拆信来读。

雀宫快斗老师：

　　不好意思，一再寄信给您。
　　因为我太在意业平之后会怎么对待清花，所以忍不住又写了信。
　　我是如此担心他们两人的未来，这种时候您却只顾着吃特大美乃滋猪肉便当，这样好像不太对吧？

　　"什么！"
　　我吓得失声大叫，紧张地四处张望。
　　墙边、树丛后似乎都有人在偷看，细微的颤抖传遍了全身。
　　为什么这个人会知道我中午吃的是特大美乃滋猪肉便当？
　　寄信来的真的是远子小姐吧？她是不是看到我丢在垃圾桶里的便当盒了？
　　我越想越害怕，所以没有去便利店，带着只看一半的信上楼。
　　锁了门，扣上门帘以后，我才继续读下去。
　　和中午那封一样，这封信的内容也是赞美清花，要求我让清花和业平有好结果。

　　我已经想好大纲，老师只要照着写就行了。

　　信里面这么说，此外还有……

　　晚上戴墨镜出门很没意义，所以劝老师最好别这样做。三天前的傍晚，老师在大楼门口踩到狗屎是因为书迷的诅咒，因为我一直在祈祷老师会踩到狗屎。

也请老师多注意垃圾回收的规定。我知道老师在可燃垃圾回收日把日光灯管放在垃圾场。日光灯管属于不可燃垃圾。老师身为作家却连这点常识都没有，真是令人遗憾。那根灯管我已经帮忙处理掉了。我还有拍照存证，如果老师不肯实现我的心愿，我就要把照片卖给媒体。

我一再惊愕得屏息，干涩地吞口水。

有病啊！这家伙真的有病！

真的是神经病！跟踪狂！

是说这个人真的是远子小姐吗？

远子小姐三天前看见我踩到狗屎？她在可燃垃圾回收日看到我拿日光灯管出来丢？当编辑的有这么闲吗？

晚上戴墨镜出门是因为……这是个人兴趣，管我这么多。

啊——越来越搞不懂了。

写这封信的人真的是远子小姐吗？

还是哪来的跟踪狂？

目的是要我帮业平和清花写个圆满结局吗？

我又吞了一口口水。

以前我看过一部类似剧情的电影，是说书迷绑架作家，威胁他依照自己的意思写故事。是不是叫《战栗游戏》？真吓人。

如果那个书迷不是胖大婶，而是清纯美女，就某种角度看来应该是天堂吧……不对，就算是秀发滑顺、个性温柔开朗又知性、声音也很好听的美女温柔地照顾我，我也不想被人砍断双腿啊!

　　我忍不住开始想象远子小姐手握巨大斧头温柔微笑的模样,连忙甩甩头。

　　仔细看看信封,上面写有地址,却没有邮戳。也就是说,这是寄件人直接放进大楼信箱里的。

　　如果不是远子小姐,而是另有跟踪狂在我的身边徘徊……没、没有啦,我才不害怕呢。

　　就在此时。
　　窗口传来细微的声响。

　　"!"

　　我反射性地浑身一抖。
　　啊,应该是我听错了吧,这里可是最顶楼,有二十五层楼高……
　　咚的一声,窗子又传来声音。
　　我面无血色地冲到窗边,拉上窗帘。
　　"哈哈……哈……今、今天的风还真大……"
　　我背对窗户虚脱地笑着。
　　对,是风,只是风声。
　　接着又是咚的一声,我清楚听到敲打窗户的声音。
　　"哇——!"
　　一股寒意瞬间从脚底窜到头顶。
　　咚!

咚！咚！

有人在敲窗户。

这里是二十五楼！这里是二十五楼！这里是二十五楼！

我的心脏快从嘴里跳出来了。

在窗外的难道是跟踪狂？还是鬼？是远子小姐披头散发的鬼魂吗？

我的脑海里充满了类似恐怖电影的画面，几乎要昏厥时……

喵——

出人意料的声音传来。

喵？什么喵？

我拉开窗帘一看，有只黑猫用前脚咚咚咚地敲着窗户。

这是隔壁养的猫吗？竟然在二十五楼的阳台之间散步，这家伙真是不要命了。

我气愤地打开窗户。

"喵——"

体形苗条的黑猫跳到我的怀中。它的身体软绵绵的，黑色的毛皮光泽亮丽。

我叹了一口气。

亏我还是个明星作家，竟然被猫吓成这样，太丢脸了。

寄信来的有可能是远子小姐，也有可能不是。

继续这样下去只会一直担心害怕。

太不干脆了，而且也有损我的自尊。

事已至此，我一定要查清楚寄件人的身份，让对方知道真正的作家才不会对读者言听计从。

没错，我才不会输给跟踪狂或编辑！

我帅气地站出三七步自言自语："喂，给我听好，下次再寄这种信给我，你心爱的清花就要坠入不幸的深渊了。她可能会突然生重病，负债突然增加上百倍，或是突然被路过的杀人魔勒死喔。别忘了，清花的命运完全操纵在我的掌中。"

然后露出一个冷笑。

很好！就这么决定了！

可是……如果那个人真的是远子小姐呢……

"呜……到底该怎么办啦……"

我抱着黑猫，脸颊在它身上磨蹭，它喵了一声，抓了我的鼻头。

隔天，再隔一天，我都收到了信。

请让清花和业平结婚，这是书迷的心愿。

如果业平抛弃了清花，我就要诅咒老师被喜欢的女人抛弃，一辈子打光棍。

我火冒三丈地撕破这封不吉利的信，丢在地上踩。

混账！混账！混账！像我这种才华横溢的高收入帅哥，怎么可能被甩啊！

　　我一定要揪出凶手——

　　远子小姐说过"改天再来"，后来却始终没有出现。

原稿有进展了吗？

　　虽然她寄来了这样的邮件，我还是置之不理。

　　这两天我一个字都没写。

　　那我到底都在做什么？就是在大楼对面的便利店里假装看杂志，静待寄信的人现身。

　　从杂志区的窗口刚好可以看见大楼正门。

　　正门用的是玻璃门，所以可以看到门后的信箱区。若要悄悄监视，最隐秘的位置就是这里。

　　我要在这里盯着凶手把信投入信箱，然后跑过去抓住那家伙，好好教训一顿。

　　我翻着男性时尚杂志，看着自己身穿冬季外套站在书店外文区摆出帅气姿势的照片，感叹自己真是个令人痴迷的美男子，同时频频往大楼张望。

　　就这样，我连续两天都是中午站岗两小时，傍晚也两小时，晚上再两小时，今天已经是第三天了。

　　不过敌人还是趁隙投了两次信。

　　我只是偶尔离开吃饭或上厕所，回来就发现信箱里放了信。

　　为什么那个人这么清楚我的行动？我还以为自己在监视对方，难道对方根本不眠不休，二十四小时地监视我？

　　还是说，对方其实是生灵之类的东西？

不对！我才不害怕咧！今天绝对不能再让那家伙得逞！

我用杂志遮住半张脸，咪着眼睛看守。

有个像是会成天泡在赛马场的邋遢大叔开门走进大楼。

我的雷达顿时"哔哔！"大响。

大叔站在信箱区，仿佛在观察四周，还转头看了正门一眼。

真可疑。

我正这么想时，大叔就从挂在肩上的提包里拿出长方形的白色信封……

抓到了！

我跑出便利店，直奔大楼。

这时是红灯，但我才不管。

汽车紧急刹车，大按喇叭。就像是小说里的一幕。

我一边陶醉于自己的帅劲，一边跑到大楼门前。

此时那个大叔刚好走出来。

"站住！"

我正想抓住他的肩膀。

"逮到你了，小偷！"

后面突然有人一把抓住我。

咦？

声音是从背后传来的。

小偷？而且那人抓的是我。不是抓那个大叔，而是抓我？

回头一看，是个身穿便利店制服的年轻男人，眼神看起来很凶悍。

为什么便利店的店员要阻止我？难道他和大叔是同伙？

店员对惊疑不定的我凶狠地说：

"你偷拿了杂志！"

"偷拿？"

我愣住了。

笑话，我这个年收入超过一亿日币的作家需要偷东西？无凭无据的胡说什么啊！

"你没有付钱就拿了杂志。"

"！"

我惊慌地看看手边。

右手竟然牢牢地握着卷成一束的男性时尚杂志！

"不、不不不不是啦！我不是要偷东西！"

"不用辩解了，那本杂志就是证据，店里的监视录像机也拍到了。"

"我、我就说不是嘛，这是因为……"

大叔像是不想惹事，他转开视线，快步离去。

"给我等一下！"

我想追上去，却被店员拉回来。

"你别想逃跑。"

"放开我，跟踪狂要跑掉了啦！"

"你在说什么啊？"

"我亲眼看见那个大叔把威胁信放进我家信箱！真的啦！"

大叔的背影已经消失了。

我推开店员的手，往信箱跑去。

打开信箱盖，里面果然放着长方形的白色信封。我把信封拿给店员看。

"你看，这就是威胁信。"

我拆开信封，拿出里面的东西。

只要店员看了跟踪狂寄来的可疑信件，就会明白我不是小偷。

既然让跟踪狂逃走了，我怎么能再被揪到警察局呢？如果被人发现我是作家雀宫快斗，说不定会变成报纸娱乐版的独家报道，我绝对无法忍受这种耻辱。

不过我拆开白色信封，拿出来的东西竟是印着裸体外国女人的传单。

这是色情录像带的配送到府服务，传单上印了"五折优惠"的硕大字体。

店员冷冷地看着传单。

"……这就是威胁信？"

"怎、怎么会这样？"

我冷汗直流，把信封翻来覆去，又看看里面，但是除了这张色情传单以外就没有其他东西了。

店员一把抓住我的肩膀。

"跟我去警察局吧。"

"等等！给我等一下！这是陷阱！一定是嫉妒我名声的人设计陷害我的！"

"这些话留着去向警察说吧。"

店员扯着我的手臂。

我的脑海中浮出"帅哥天才作家雀宫快斗便利店行窃，接受辅导"的标题。

不要啊啊啊啊！

我不要被人称为小偷作家啊啊啊啊!

与其活着受辱,还不如一头撞向大楼直接驾鹤归西,当我这么想的时候……

"快斗?"

有人叫了我。

远子小姐提着百货公司的纸袋,一脸惊讶地站在大楼前。

"你们在吵什么啊?快斗?这位是你的朋友吗?"

"远、远子小姐……!"

这时的我已经没有闲工夫担心自己丢人现眼了,我满脑子只想着要怎么脱离这个绝望的处境。

我死命地恳求远子小姐:

"你快帮我跟他解释,我是没必要偷东西的高额纳税人啊!否则我就要被抓去警察局了!快点救我啊啊啊啊!"

一个小时后。

远子小姐在我家拼凑着被我撕破的跟踪狂恐吓信。

"哎呀,竟然说'如果不让清花和业平结婚我就要诅咒老师',太可怕了。"

她坐在地板上,俯身读完信,震惊地说。

我盘腿坐在一旁,面红耳赤地大口扒着远子小姐去百货公司的北海道特产展买来的海胆鲑鱼子蟹肉便当。

多亏有远子小姐居中调解，我才没被便利店的店员拉去警察局，但我却得向她供出至今发生的事。

"哎呀，竟然有这种事！"

远子小姐吃惊得睁圆了眼睛。

"可以让我看看那封信吗？"

接着她就拿撕碎的信玩起拼图游戏了。

"……这封信不是远子小姐写的吗？"

我沉着脸说道，她一听就愕然地望着我。

"咦！你以为信是我寄来的吗？"

"因、因为……信上提到还没发售的十二月号连载内容……"

远子小姐生气地鼓起脸颊，朝我逼近。

"太过分了！快斗！你竟然怀疑我！我才不会用这么迂回的手段叫你改稿呢，我一定会当面说出来的！"

"……对、对不起。"

我的确怀疑过她、对她大吼，而且她在我快被抓去警察局时出手相救也是事实，所以我只能红着脸低头道歉。

啊——妈的，真希望地上有个洞可以钻进去。

突然间，有个软软的东西贴在我的头顶。

我惊讶地抬头，远子小姐摸着我的头，温柔地微笑。

方才她还像个孩子似的发脾气，如今却像姐姐或母亲一样，一脸慈祥地望着我。

她实在靠得太近，我慌得心脏都快跳出来了。她以清澈悦耳的声音说：

"你是因为这样才会写不出稿子吗？一定很不好受吧？"

这句话的语气温柔得让我好感动。

"我告诉你，快斗，我很喜欢你的故事，这是真的。我第一次读'业平'系列时，就觉得这个作者一定很喜欢写作，也很爱阅读，感觉是从小就是熟读古文和文学的人呢。这个作者今后一定还会再继续成长。可以从旁协助他真是太开心，太美妙了。"

远子小姐这番话逐渐浸透了我的心房。

我先前并不信任远子小姐。

所以才会担心害怕，才会那样生气。

咦……我好像变得怪怪的。

心脏扑通扑通地跳，几乎要从嘴里蹦出来。

哇啊啊啊啊！我是怎么了啊！

我小时候似乎有过同样的经验……

对，是在镇上的小图书馆……

不、不行！不要再想了！我早就将过去埋葬了啊啊啊啊！

我正在手足无措时，远子小姐露出干劲十足的眼神对我说：

"快斗，别再一个人默默地烦恼，我会帮你抓到凶手的。"

隔天的午后。

我抱着褐色的大信封，戴着墨镜遮遮掩掩地来到便利店。

站在柜台内的是个女店员，昨天把我当成小偷的男店员正在将三明治摆上货架。

我尽量不引人注目，悄悄走到柜台前，拿出信封。

"这个请在明天下午送到。"

我在收件人的栏位写了薰风社，内容物一栏则是写上"业平凉人系列《潜血篇》一月号"。

女店员在寄货单上盖章，然后交给我收执联。

"货物已收，谢谢您。"

爽朗的声音将我送出店外。

"我会帮你抓到凶手的。"

昨天远子小姐在我家这么说。

"从信的内容判断，凶手一定看过还没发售的十二月号。发售日是两周后，目前只有少数人能读到十二月号的'业平'系列原稿。头一个就是作者快斗。"

远子小姐开玩笑似的指着我。

"怎么可能是我啊！"

我抱怨道，远子小姐笑了出来。

"然后是快斗的责任编辑，也就是我。"

她纤细的手指朝向自己。

"真、真的是远子小姐吗！"

我瞪大眼睛，她又沉稳地笑了。

"此外还有总编佐佐木先生、副总编但马先生、校对渡边先生、插画家吐司块先生。"

"原稿登上杂志之前要给这么多人看过？"

"是啊，必须同心协力才能做出好书和好杂志呀。"她笑着说，"你的原稿已经定稿了，所以印刷厂的人也看得到。中介和书店的人倒是还没办法看到。"

"所以凶手就在编辑部和印刷厂之中啰？"

远子小姐缓缓摇头。

"不，依照我的想象，还有另一种可能性。"

"想象？"我好奇地发问

远子小姐露出温和而睿智的眼神回答："对，这不是推理，而是想象。我们明天就来问凶手为什么要这样做吧。"

好慢！远子小姐什么时候才要来啊？

我在客厅里来回踱步，等着远子小姐。

我依照她的指示，去便利店寄出一月号原稿之后，已经过了一个小时。

"快斗，你在家里等着就好。如果我的想象没错，今天就能解决这件事了。"

远子小姐愉快地这么说，可是她也太慢了吧！

黑猫悠悠哉哉地在我的脚边吃着小鱼干。

这家伙跟上次一样，又从阳台跑进来。小鱼干是远子小姐拿来的，她说"不想再弄坏电脑的话就咬着这个忍住吧"。

"喵——"

黑猫抓抓我的脚趾。

"还要吃？真是的。"

它的主人到底在搞什么？竟然让猫跑到别人家里讨东西吃，

根本没教好嘛。

我从袋子里拿出小鱼干给猫吃，它吃完还继续舔我的手指。

"你太爱吃了。我不会再给你啰。"

我怎么还有心情和猫玩啊！

远子小姐到底在干什么！

我焦急地握紧小鱼干的袋子，此时玄关传来开门声。

是远子小姐！

我急忙跑去，看见头发扎成一束、戴着帽子、架着眼镜的远子小姐对我微微一笑。

"快斗，让你久等了。"

接着她向我介绍站在她身后那个垂头丧气、身穿便利店制服的年轻男人。

"他就是寄信给你的人。"

男人的名字是梨本守。

我一离开便利店，梨本立刻走进柜台，在预定寄送货物的放置处拿走我的信封，就要走向后面的房间。

"你拿那个信封做什么？"

远子小姐叫住他，把他吓得惊慌失措。

"你就是寄信给快斗的人吧？大楼的监控拍到你把信投入信箱的画面了。"

她这么一说，梨本只好乖乖认栽，小声地说："对不起。"

其实远子小姐并没有看过大楼的监控画面，她只是猜测"凶手在便利店里"所以设下这个陷阱。

"交稿给编辑部通常都是在网络上寄电子档，不过作者校对是要把红笔校过的纸本原稿寄回编辑部，而快斗一直是利用对面的便利店寄东西给编辑部的。所以说，便利店的店员也有可能看到发售前的原稿。快斗经常在网络上邮购，付款也都是靠便利店。缴费单上印有雀宫快斗的名字，还有他的住址。这个名字很少见，所以只要读过快斗的书，一定会发现他是作家。看到地址上写的大楼名称，就知道是对面那栋，你在上下班或休息时间随时都能过去投递信件。因此你知道快斗买了特大美乃滋猪肉便当、晚上戴着墨镜出门，而且只要假装整理杂志，就能从窗口看见他踩到狗屎、在可燃垃圾回收日丢了日光灯管，因为快斗的华丽穿着很好认。"

真希望她说我是因为又高又帅所以好认……

远子小姐最后微笑着说："这不是推理，只是我的想象罢了。"

不过这位女编辑的"想象"确实猜得分毫不差。

"对不起！对不起！"

梨本跪坐在我家客厅的地上，不断道歉。

他要拉我去警察局时的凶狠表情已经荡然无存，我几乎要怀疑他有双重人格。

"不用这么害怕，我和快斗没有生气，只是想弄清楚原因罢了。说不定我们还能帮上你的忙呢。"远子小姐体贴地说。

我很想说我可是气炸了，但是梨本已经吓到说不出话，所以还是算了。

"梨本，你为什么要写信给快斗呢？"

在远子小姐温柔的询问之下，梨本含着泪说："对不起……可是我如果继续袖手旁观，业平一定会抛弃清花，我好怕我再也不能见到清花，怕得不得了。"

"小说人物本来就见不到啊！你是会把游戏角色当作老婆、甚至举行婚礼的那种人吗？快醒醒吧。"

"不是！清花真的是我的女友，我们是从半年前开始交往的！"

"妄想也要适可而止吧。"

"快斗，别插嘴。"

远子小姐面带笑容制止了我。不会看气氛的黑猫又跑来抓我的脚，讨小鱼干吃。

"不好意思，梨本。原来你的女友也叫清花啊？真巧。"

"是啊，她的名字和雀宫老师小说里的清花一样，也是写作清水的清，花朵的花，而且她和小说里的清花一样，是个开朗温柔又率直的女孩。"

梨本望着远子小姐，红着脸极力赞美。

看来他真的有个名叫清花的女友。

没想到这个软弱又庸俗的家伙也交得到女友。

"从雀宫老师初三出道开始，我就是他的书迷了，'业平'系列我全都买了初版，还会靠便利店进货的杂志追连载小说的进度。业平帅气坚强又机智，也很有女人缘，是我的理想目标，我过年时还曾经在绘马①写下'希望下辈子变成业平'的愿望。"

"哇！这真值得开心呢，快斗。"

远子小姐兴奋地双手一拍，我却冷眼望着他，在心中吐槽"别把这种愿望写在绘马上"。

梨本热情地继续说着：

"我和清花是在今年七月认识的，杂志刊登出《潜血篇》第一回，业平在花店认识清花也是那一天的事。

当时我正回忆着雀宫老师写的精彩故事，模仿业平走在无人的黄昏之中，突然有一条蓝色手帕从天而降。有人从一旁的木建公寓二楼喊着'对不起'，我一抬头就看到清花。"

"太美了！好罗曼蒂克啊，简直就像《伊势物语》的情节。"

远子小姐听得很入迷。

这个年代还有人会因为捡手帕而爱上人家吗？我正想吐槽，却突然想起业平和清花相识的场面也是因为业平在花店前捡到蓝色缎带，接着清花就出现了。

"我对清花一见钟情，听到她的名字以后更觉得这是命中注定。我们就这样开始交往了。"

"原来真的有小说般的恋爱呢。"

远子小姐发出了甜美的叹息。

女生是不是都对这种超现实的桥段没抵抗力啊……

梨本听得开心又害羞，但是没多久就露出悲伤的表情。

---

① 绘马：日本神社、寺院里祈愿时用的一种奉纳物，一般用木板制成，呈五角形。

“清花最近变得有点奇怪，好像刻意在躲我，还叫我不要去她家，而且只有月底能约会，打电话过去也是立刻切换到语音信箱，发短信她也不回，让我好担心。”

我看她一定喜欢上别人了，但我没把这个想法说出来。

“不久前，我把整套‘业平’系列借给清花，说这是我最喜欢的书，请她一定要看。清花也说既然是我喜欢的书，她不可能不喜欢，就高高兴兴地收下，后来却完全不和我联络……”

“会不会是快斗的小说不合她的胃口？”

远子小姐的喃喃自语刺穿了我的心。

这句话太伤人了吧，远子小姐。

“我也是这么想，所以问她是不是觉得小说很无聊。”

“喂！干吗问这种问题啊！没礼貌！”

“清花说不是，她觉得小说很精彩，还去图书馆找杂志上的连载来看。”

“你这个女朋友很不错啊。”

梨本像是没听到我的评论，只顾着唉声叹气。

怎么？他女友说我的书很精彩，他有什么不满吗？

啊！对了！我懂了！他女友本来只是喜欢小说，看到封面摺口的作者近照之后，却爱上了我这个天才作家！

和我这种身兼模特儿和明星作家的有钱人相比，男友简直和田里的稻草人没两样，她一定是因为这样所以无法继续和男友交往下去，就渐渐地疏远他了。

原来是这么一回事。

真抱歉，梨本。但我也很无奈啊，你不该随便把我的小说推荐给女友。结果你竟然迁怒到我身上，寄信来骚扰我，这也太窝囊了吧。

我正在为自己做出的结论感叹时，梨本哭丧着脸开口说：

"清、清花说她看了'业平'系列以后，很担心我哪天也会冷酷地甩掉她。"

"什么？"

竟然有人会因为这种理由和男友分手？

远子小姐也睁大了眼睛。

"呜……她说杂志连载里的业平和清花现在打得正火热，不过清花迟早也会像其他人一样被业平甩掉，她没办法承受这种事，所以想要先让自己习惯没有我的生活。她讲这些话的时候看起来好坚强……"

她该不会本来就很向往爱情悲剧吧？

"呜呜……如果业平甩了清花，说不定我的清花也会从此消失，我担心到晚上都睡不着了。"

梨本用力地吸着鼻子。

后来，他在便利店打工的时候遇见我。因为看过作者近照，所以他立刻认出我是"业平"系列的作者。

发现送货单上写的是"作者校对"，他就毫不犹豫地偷走信封，打开来看。

当他看到业平决定疏远清花时，简直是晴天霹雳。

再这样下去业平就要抛弃清花了！

这么一来，我和女友的关系也要结束了！

梨本和女友一样爱胡思乱想，他为了自己和女友的幸福将来，决定阻止业平抛弃清花，因而写信给我这个作者。

"我已经是狗急跳墙了，我实在想不到其他方法。对不起！"

看他畏首畏尾低头道歉的样子，我还是很想让他亲身体会一下突然收到那种怪信的心情。

"可、可是信寄出去以后，雀宫老师还是像个没事人一样跑来买特大美乃滋猪肉便当，害我更着急了。"

这跟特大美乃滋猪肉便当有什么关系？

"看到雀宫老师偷走杂志时，我很兴奋地想着，或许可以抓住老师的弱点，威胁老师帮业平和清花写出圆满的结局……"

原来如此，所以他当时才会那么凶狠。

如果远子小姐没有出现，他一定会对我任意提出要求。

"真的很对不起！"

梨本把额头贴在地板上。

"没关系啦，我可以理解你的心情。你只是太爱清花，不想失去她。《伊势物语》的业平也曾为了禁忌的爱情而犯罪呢。"

远子小姐已经完全陷入平安时代爱情故事的世界了。

难道拿爱当挡箭牌就能为所欲为吗？啧啧。

"我想让清花过得幸福！清花的个性就像她的名字一样清纯洁净，她爸爸已经到了癌症末期，妈妈罹患肺结核，姐姐需要移植心脏，哥哥经商失败被流氓讨债，还有正在读小学的弟弟和幼儿园的妹妹，她早上要去面包工厂，白天去公司上班，傍晚在宅急便当客服人员，晚上还要去小酒店打工洗盘子，一个人独自支撑全家的开销呢！

"我在她的生日、圣诞节、过年、情人节、白色情人节还有女儿节送过她名牌包包或手表首饰当礼物，但是她都舍不得拿出来用，她是这么谨慎自制的人呢！"

"为什么情人节也要送礼啊？一般不是女方该送的吗？"

"呜……我不能让工作辛劳的清花送我礼物啦。可是清花即使背负了那么沉重的家计，还是亲手做了爱心巧克力送我呢，味道很像乐天加纳巧克力，有甜甜的牛奶味。"

那只是加热融化乐天加纳巧克力再放到百圆商店买的模子里做成的吧？

"虽然只有月底能见面，但她真的很爱我。我希望至少可以继续维持每个月见一次面的关系。"

我越听越不对劲。每个月一次？就连搞婚外情的人约会次数都比他们频繁吧？

"我们每次去餐厅约会，她都是吃完饭就走了……不过她跟我说过，会让她想要携手共创家庭的男人只有我一个。她还说，如果奇迹发生，业平和清花真的结婚了，我们也要在高原上的小教堂举行只有两个人的结婚典礼。"

吃完饭就立刻走人，这……

梨本攀住我的腿。

"雀宫老师！拜托你！请你成全我！写出业平和清花结婚的情节吧！"

我立刻一脚踹过去。

"你是白痴啊！我写的可是帅气的冷硬小说耶！又不是热恋情侣的青春爱情喜剧！我看你根本是被骗了吧？"

"咦咦咦！"

梨本跌坐在地上，一脸愕然。

远子小姐原本一直沉浸在平安时代爱情故事里，如今脸色也蒙上了阴影，她镇定地说：

"梨本，可以让我们看看你女友的照片吗？"

"好、好的。"

梨本打开手机。

"这就是清花。"

"！"

"！"

我和远子小姐同时愣住，在一边看着的黑猫也竖起尾巴"喵！"地大叫。

出现在荧幕上的是身穿低胸华丽衣服、头发尾端卷翘的妖艳女人，她贴在嘴边的手指上还贴满银色蓝色的宝石。

"你铁定被骗了啦！她怎么看都像是会玩弄男人的女人吧！指甲几乎长达两厘米的手要怎么洗盘子啊？用常识来想也知道不可能吧！"

"咦咦咦咦咦！"

梨本再次大吃一惊。

这家伙真的完全没发现吗？

远子小姐稍微贴近梨本。

"梨本，你的发薪日是在月底吗？"

"……是、是啊。"

"她向你借过钱吗？"

"……呃，我几乎每个月发薪日拿到钱之后都会借她。"

"你下次叫她把包包和首饰拿出来用吧。"

"这、这个……我跟她说过好多次了，她都不肯。"

一定是早就拿到当铺或是网络拍卖换成现金了。

"你曾经突然去她家拜访吗？见过她的家人吗？"

"我见过她爸爸、哥哥，还有叔叔……每个看起来都很粗俗，和她长得不太像……"

梨本越讲越小声。

想必他的心底早就已经起疑了。

但是他始终不肯承认，依然认定他和女友的问题是业平造成的。

远子小姐看梨本垂头丧气的模样，将白皙的手轻轻按在他的肩上，诚恳地说：

"她背叛了你的信任，你们还是分手吧。"

"不、不行啦，我没办法和她分手。"

梨本吸着鼻子猛摇头。

"只要站在她面前，我的脑袋就会变得一片空白，她说个几句话，我的心就摇摆得像是在跳草裙舞，完全没办法思考。我根本把她说的话当作圣旨，怎么可能和她提分手啊！"

他呜呜地哭，苦咸的泪水滴到地上。黑猫舔了几口，就嫌恶地皱起脸孔。

远子小姐又温柔地说：

"别担心，快斗可以教你怎么和女友分手。"

我吓了一跳。

"远子小姐！你在说什么啦？"

"快斗可是创造出业平凉人的作家，甩女生的专家，一定可以帮上你的忙。"

喂！

"真、真的吗……"

梨本泪如雨下地看着我。

他的模样就像一只被雨淋湿的绒鼠。

"呃……这、这个嘛……"

远子小姐粲然一笑。

"梨本,《伊势物语》的业平和快斗笔下的业平都是在一次次的分手经验之中逐渐成长的,你一定也能迈向未来。快斗,你说是吧?"

看到那花朵般娇媚的笑容,我只能尖声地回答:

"是、是啊,交给我吧。我雀宫快斗堪称是甩人专家,我一定会教你最帅的分手招式。"

后来我满头大汗地在我家客厅举办了"潇洒分手招式"讲座。

其实我的脑袋已经糊成一片,根本不记得自己说了些什么。

我只是担心拒绝或推托会有辱我帅哥作家的名号,所以尽力施展出浑身解数。

远子小姐还亲自扮演清花,实际演出分手场面,我们激烈讨论要怎么分手最有戏剧性。

总之我真的是拼尽全力。

两天后,我看到梨本一脸开心地站在便利店的柜台里。

他说顺利地和女友分手了。

"甩掉女友的感觉真是太棒了！我觉得自己好像变成业平那样的冷酷帅哥，心情超舒坦的！"

他得意洋洋地说。

希望他以后不会变成讨人厌的家伙。也罢，看他个性那么软弱，下次应该还是会认真地谈恋爱吧。

我也依照远子小姐的提案修改好连载原稿了。

"写得太好了！业平的内心纠葛让人看得好难过、胸口好痛。小学时代的业平也好活泼好可爱，展现出了截然不同的魅力呢！读者一定也会很高兴的！"

她眼睛发亮，说得兴奋不已。

"唉……"

所有事情都解决了，应该可以恢复我原本的帅气闪亮和平生活，我却靠着墙壁伸直双腿，坐在地上叹气。

"怎么了？快斗？你看起来好没精神。"

听远子小姐这么一说，我更消沉了。

我感觉全身无力，忍不住说出丧气话。

"……老实说……我从来不管读者看了我的故事会怎么想或是怎么评论……我只会写自己觉得精彩的故事……如果别人不喜欢，那是因为他们的品味本来就和我不同，我没必要特地讨好他们……我最怕的是自己的心情受到影响，害得本来能写的东西也写不出来了。

我真的……很害怕。

不过……我写的东西还是会被人解读成完全偏离我期待的模样，还会对别人造成强烈影响……"

现在的我看起来一定窝囊透顶。我觉得好丢脸，头都抬不起来了。

远子小姐默默地听我抱怨。

"……以前无论陌生人怎么讨厌我、骂我，我都不以为意……现在这些事情却突然变成真实具体的切身之痛……我好怕……"

看到网络上那些讥讽，像是"没有实力""很无聊""快点消失吧"之类的，或许我不是真的完全不在意。

或许我只是觉得被陌生人的几句话刺伤太丢人，所以才假装不放在心上。

读者和作家之间有一道铜墙铁壁，读者没办法跨到这边，作家也过不去那边。

可是，墙壁的另一边的确有人在看我的作品，产生某些感受。他们都是活生生的人，拥有自己的人生，还有各式各样的价值观和想法。

我一想到或许真的有人像梨本那样，会因为我写的故事而受害、怀恨……

心情越来越差，身体变得像石头一样僵硬沉重。

唉，真的太窝囊了。

远子小姐一定也很伤脑筋吧。

这时，身边传来温暖的话语。

"这种时候只要吃点甜食就行了。我带了珍藏的点心，虽然有点舍不得，还是给你好了。"

听见那开朗柔和的话语，我忍不住抬头。

眼前有东西纷纷落下，粉红色、蓝色、橘色、薄荷绿、天蓝色，各种颜色的信封如雪片撒下。

随着悦耳的沙沙声，各种柔和的粉彩色调像彩虹一样摊在我的腿上。

我惊讶地张着嘴，远子小姐弯腰屈膝站在我面前，露出甜美的笑容。

这些……这些信不就是我上次想要丢掉的读者来信吗？

"你该不会又打算丢掉吧？"

远子小姐神情戏谑地问道。

"如果你要丢，我还是会再捡回来的。这些信真的很甜很美味喔，你看，像是雪奈的这封信。"

远子小姐拿起浅粉红色的信封。如涓涓细流般的清澈声音从她的唇中流出。

"快斗老师，您好。我是热爱快斗老师作品的初一女生。我第一次读快斗老师的作品，是在我家附近的小图书馆。看到《硬派高中生》这个书名，我本来还觉得莫名其妙，但是看了几页就完全沉陷其中，一直站在书柜前看快斗老师的书，不知不觉地站了两个小时。"

我狐疑地说："这是你编的吧？"

远子小姐轻轻一笑。

"不是，全都是这封信上写的。还有百合惠的信、翔太的信、小泉的信，也都像金平糖一样甜美喔。"

她说着说着，又闭上眼睛背诵信件的内容。

　　"快斗老师，我也想成为像老师一样厉害的作家。到底要怎么写出那么帅、那么动人的故事呢？我晚上躺在棉被里看老师的书，明知应该要睡了，却一直没办法把书放下。"

　　"我好喜欢业平，他虽然很酷，却也有点温柔，我最喜欢他这个地方了。"

　　"快斗老师您好，这是我第三次写信给您。我觉得'业平'系列是很特别的作品。我现在才十岁，不太懂业平为什么老是和女生分手，为什么喜欢人家却那么冷漠，可是思考这些事也很有趣。长大以后我还要再看'业平'系列。"

　　"老师，请保重身体，这样才能写更多精彩的故事。我很期待老师的新书。"

　　轻柔的声音，甜美的话语，逐渐渗透我的心。
　　我拿起腿上的信封，读着信纸上的可爱浑圆字体。远子小姐清脆的声音如同艺术女神缪思的喃喃细语，和信上的文字合而为一。
　　我的视线会变得模糊，一定是因为太累了。
　　心中会充满温馨的感受，一定是因为我变得软弱了。
　　可是我以前也有过这种感觉，仿佛有种柔软的东西包围着我、保护着我。

那是我升上初中以前，还没长高时的事。

当我还是小学生的时候。

那时我已经五年级了，身材却矮小得像三年级学生，个性也很懦弱，稍微一点小事都会让我难过得要命。

班上的老大盯上我，动不动就嘲笑我，叫我小矮子或小短腿，不是使唤跑腿就是拳打脚踢，但我还是不敢反抗，只能躲起来暗自哭泣。

那一天，我又被他踢倒，跌破了膝盖。

我一边很伤心地想着，这种生活不知要持续到哪一天，身边没有同伴，自己又这么弱小，根本无计可施……一边不停地走向陌生的道路。

我很想走得远远的，可是小孩的脚程不快，结果只走到邻镇的破旧图书馆。

有个漂亮的大姐姐在这里打工当图书馆馆员。

就是她告诉我《伊势物语》描写的是一位迷倒众生的英俊贵公子。

——皇上、皇后、男主角的青梅竹马，甚至是侍奉神明的斋宫都爱上了他。

——故事里的每一首和歌都很美。

——春日野兮生紫草，乱我心兮似忍折。

——意思是我的心情乱得如同用春日野的紫草染出来的复杂

图案。很迷人吧?

像是在唱歌似的,她眉飞色舞地用开朗温柔的声音吟诗。

她选择来图书馆打工,是因为很喜欢书。

只要谈起书,她的眼神就变得好明亮,脸颊泛起粉红色,语气也变得很愉快,我最喜欢看她这样了。

她打工时都穿着长及胸口的奶油色围裙,柔顺美丽的茶色头发扎成两束马尾。

这种打扮比披散头发看起来更稚气,更亲切,我好爱这种发型。

但我不好意思说出来,所以故意批评:

"这是小孩的发型嘛。"

"会吗? 我倒是很喜欢呢,也不会妨碍到工作。而且,这样不是很复古吗?"

她指着自己的马尾嫣然一笑。

"很有'文学少女'的味道吧?"

在胸前摇曳的柔顺马尾。

甜美的眼神。

我的脑袋热得几乎冒烟,心情乱得就像《伊势物语》第一首和歌描述的那样。

那是我的初恋。

如今在我面前微笑的远子小姐，仿佛和那个图书馆大姐姐的身影互相重叠。

　　为什么我看着远子小姐就感到心痛？

　　为什么我第一次见到她就觉得好熟悉？

　　黑猫撒娇似的喵喵叫着。

　　怎么会这样？远子小姐和她好像！

　　我越想越害羞，脑子也迷糊了，慌得不知所措。

　　"何、何必把信带来，我都说我不要了。"

　　我转开头，故作冷淡地说。

　　远子小姐和那个图书馆大姐姐一样张着闪亮有神的大眼睛，带着亲切微笑回答：

　　"因为我是'文学少女'嘛，我不能独占这么美好的文字啊。"

"很有'文学少女'的味道吧？"

　　心脏几乎快要爆炸，我极度地震惊、混乱、慌张。

　　如果是平时，我一定会立刻吐槽说哪有二十岁以上的文学"少女"，此刻却心跳不已，无法抑制悸动。

　　哇啊啊啊啊！不妙！大事不妙了！

　　我为了掩饰红得像煮熟章鱼的脸……

　　"突然觉得头好痛！"

　　我一边说一边低下头去，用双手抱住。我此刻的心情已经像紫草染出的复杂图案一样烦乱纠结了。

青涩作家和绯闻淑女

"喜欢一个人的心情是酸酸甜甜的，而且很悲伤，让人胸口闷得难受。"

她笑着这样说过。

在小镇的老旧图书馆里。

在奶油色的围裙上，茶色马尾轻轻摇晃。

她抱着几本书，开玩笑地继续说："跟快斗说这些话或许还太早了点。"

我好不甘心，气得晚上都睡不着。

"哇，出道第二年已经出版十二本书，真了不起！销售量不但没变差，反而一直往上攀升，改编动画和连续剧的 DVD 和蓝光 DVD 的销售量也太惊人了！俨然是当今最受瞩目的新作家啊！"

"我女儿也是雀宫老师的书迷喔，她本来很期待由雀宫老师来饰演业平，所以很失望呢。"

"真是个好点子！下次改编电影时就请雀宫老师来担纲演

出吧!"

"这样书迷一定会变多喔，雀宫。"

薰风社的高层围着我高声谈笑。

正值新年。这一晚，薰风社在市内某家高级饭店的大厅举行派对。

我这个系列总销售超过五百万本的当红作家当然也受到了邀请，所以才会在此听这些挺着大肚子的叔叔热情赞美。

不过我早就被人捧习惯了。

毕竟我是畅销书"业平凉人"系列的作者，又是男性时尚杂志模特，年轻人心目中的教主嘛。

其他人也交头接耳地说："你看，那是雀宫吗?"

"咦? 那个十七岁的高中生作家? 真是个美男子!"

"他写作的速度也很快呢，三天就能写五百张稿纸，还很卖座。可恶，真叫人羡慕。"

就是嘛，就是嘛。

我的文思敏捷、销售火红、外形抢眼都是无可置疑的事实。

"有件事只能趁现在偷偷告诉你，我们颁奖给你的投稿作品真的很冒险。不过，毕竟有井上美羽的先例。"有个高层人士面有得色地说。

听到井上美羽这个名字，我的嘴角突然抽动。

"他出道时简直是势如破竹，那本得奖作品《仿若青空》的单行本和文库的合计销售量在去年已经突破一千万了。我们计划再选个初三的得奖者来创造第二次奇迹，不过你的小说实在很像少年漫画的剧本，我们一开始还蛮担心的，所以才先颁个特别奖看看情况。结果真是太出人意料……不，完全符合我们的期待啊！原来当今的年轻人能接受那种作品啊。总之今后继续努力，朝着井上美羽第二这个目标迈进吧。"

我的嘴角一再抽动。

不管这个大叔是编辑部长还是别的什么玩意儿，太没礼貌了。

颁个特别奖看看情况？

朝井上美羽第二这个目标迈进？

那种一本正经描写什么恋爱什么梦想的软趴趴人妖小说，怎么能和我这帅劲逼人的业平相比！

每个人都三句话不离井上美羽，真是气死我了。

虽然"业平"系列的第一本销售量只累积到一百五十万，不过十年后一定能超过两千万。无论是井上美羽还是谁都别想超越我！

那些高层人士离开后，我还是满腔怒火，誓言一定要打倒井上美羽。

对了，井上美羽应该也受邀出席这场派对了吧？

也就是说，那家伙现在就在会场？

我开始东张西望。

井上美羽会是哪一个？是那个一脸蠢样的胖子吗？还是那个长得像骆驼的傻大个？或是那个戴眼镜的弱鸡？

反正一定是个远比不上我的丧家犬。

否则应该不会拒绝露面。

唔……这里人太多了，我实在猜不出来，每个粗鄙的家伙看起来都像井上美羽。

"雀宫，你在找人吗？"

听到一个温和的声音，我转头一看，眼前出现一位身穿灰色西装，戴眼镜，温文儒雅的灰白发中年男子。是总编佐佐木先生。

"啊，好久没问候您了。"

我得奖后第一次去编辑部拜访时，有些紧张。那时佐佐木先生很亲切地和我小聊片刻，没有半点架子。

"你就是雀宫吧？恭喜你得奖了。"

他客气地笑着和我握手时，我十分感动地想着，啊，我真的得奖了呢。

虽然我认定编辑基本上都是没用的家伙，但对他仍然抱有相当高的敬意。

所以我在他面前一向很有礼貌。

佐佐木先生眯起眼睛望着我。

"好久不见了，雀宫。你想见谁的话，我可以帮你找找看。"

"井上美羽来了吗？"

"井上？喔喔，听说他有事耽搁，不过晚点就会来了。你认识井上吗？"

"不认识，但是很想见一次面。"

我全身散发出斗志，但佐佐木先生依然和善地笑着点头。

"这样啊，原来你也是井上的书迷。那我看到井上来了就帮你们介绍吧，我还可以帮你要到签名喔，不过井上很害羞就是了。"

我真想大叫"这是天大的误会啊"！

鬼才是他的书迷！

我死都不会向他讨签名的！

"不用签名……"

我屈辱得满脸通红，语气也很僵硬，但佐佐木先生似乎误会得更严重了。

"井上是个脾气温和、为人谦逊的好青年，你不需要太紧张啦。不过我还真没想到你这么喜欢井上的小说呢。"

他说得很开心。

"那、那个，佐佐木先生，我先失陪了。"

我实在按捺不住，正要先行离去……

"井上来了我再带他去找你！"他还一脸温和地对我这么说。

哇啊啊！根本彻底把我当成井上美羽的书迷了嘛！

我不想让人看到自己的窘样，赶紧低着头走开……

"快斗！我正在找你呢！"

有个开朗的声音叫着我的名字。

"远、远子小姐！"

我的心脏猛然一跳。

远子小姐今晚穿的是黑套装、白衬衫、白金细项链，打扮得非常优雅干练。她的头发盘起，旁边留了几缕卷曲的发丝。

她看起来比平时更性感美丽，纤细白嫩的脖子也很耀眼。

简直是全会场里最美的女人啊。

编辑远子小姐的气质和我初恋的大姐姐很像。

自从两个月前发现这件事以后，我每次看到远子小姐，和她说话，心脏都会扑通扑通地跳个不停。

可恶！难道真是因为"那个"吗？

这就是所谓的恋爱吗？

虽然远子小姐年纪比我大很多，可是我的经济能力比她好，要是结了婚我也有自信能养家。这样一来，远子小姐就能一辈子当我专属的编辑，只属于我一个人……我在胡思乱想什么啊！

冷静点，冷静点。我努力安抚激动的心脏，装出酷酷的表情。

"你在找我？难道你这么迫不及待地想见我吗？远子小姐？"

脸往右偏四十五度。我对自己最满意的就是这个角度，这是我每天看镜子研究出来的心得，一定错不了。

远子小姐微笑着说："是啊，不过你很抢眼，一下子就找到了。"

堇花一般的笑容……这种形容在井上美羽的书里很常见。

我对井上美羽的小说没有半点兴趣，可是看到远子小姐，我就忍不住呆呆地想，啊啊，这真是堇花一般的笑容呢。

我对那本小说的女主角似乎多了一点点好感。

我还在痴痴地望着远子小姐，她却愉快地说："我来介绍一下，这位也是我负责的作家，早川绯砂小姐。"

啊？

我以为现在是我们的两人世界，不过仔细一看，远子小姐的身边还有个表情冷淡的年轻女人。

她穿着红色小礼服，头发也盘了起来。不过远子小姐的发型感觉比较清纯，这个女人却弄了一大堆豪华的发饰和缎带。她很明显地摆出一张臭脸，浓密纤长的睫毛强势地往上卷起，锐利的眼睛直盯着我看。

哼。

我也板起了脸孔。

"绯砂现在读大学二年级，是女大学生作家喔。绯砂的绯红系列和你的'业平'系列还在同一时期改编成连续剧呢。"

我知道。

当时还有杂志做了特辑，叫什么"高中生作家和女大学生作家的连续剧对决"。

我那时也找了一本绯红系列来看，主角是一个外号叫斯卡利特（英语绯红色的意思）、脾气又臭又硬、高傲到欠揍的女大学生，和男配角恋情不顺利时就说着"这个男人不适合我，明天再去找个和我相配的对象吧"，立刻又找寻新恋情，让人看得很不舒服。

我上网查询故事大纲，发现斯卡利特每集都会和新角色谈恋爱，搞出一大堆麻烦，然后丢出这句招牌台词："这个男人不适合我，明天再去找个更棒的男人吧。"

不过最让我不爽的是把早川绯砂本人炒作得比小说更大的宣传手法。

什么美女大学生作家啦、不输绯红系列主角的美貌啦，而且贴在电车上的宣传海报，作者照片竟然占了比小说封面更大的版面。

我也看过她上综艺节目，试吃偶像明星做的料理，或是上猜谜节目当来宾回答问题。显然是因为她没有作家该有的文笔，所以只能靠外表来推销，这种宣传策略实在让人看不下去。她还和我登上过同一本杂志，顺序排在我之前，真叫人火大。我还考虑过把上个月的"早川绯砂封面特辑"的杂志样本折成一团丢进碎纸机。

就某方面而言，她比井上美羽更碍眼。

这家伙的责任编辑竟然是远子小姐？

“绯砂，这位就是雀宫快斗。”

“……我知道。”

早川一脸不屑地瞄着我，用带刺的语气回答。

“就是在当什么时尚杂志模特，还会写写小说的艺人嘛。”

什么？

说我还会写写小说？

讲得好像我的正职是模特，写小说只是兼职似的。

“那个业界的巅峰都是十几岁的人，劝你还是趁早转型当演员吧，啊，就算转型好像也会很快消失呢，不过再怎么说也比写小说更有前途。”

这、这个臭女人！她是指我写小说毫无前途可言吗？

我深深吸了一口气，开口说：“感谢早川小姐的指教。你年过二十，在演艺圈里想必待得很辛苦吧？啊，‘巅峰都是十几岁的人’是你的亲身体验吗？想用化妆掩饰年龄毕竟还是有极限的。不过你在演艺圈说不定很吃得开呢，因为自以为高尚的类型现在非常走红嘛。”

早川高高挑起了眉毛。

“我在‘电视上’看过‘业平’系列，硬派高中生什么的还真可笑，照理来说应该不可能上映，不过演员、导演和配乐倒是加了不少分呢。”

“说到早川小姐的绯红系列，我有天经过电器商城时也稍微看了一下。那位女主角真是个大美女耶，让她来演主角，不管角色多么俗不可耐都不会惹人反感呢。连续剧的改编小说听说卖得也很不错耶。”

“雀宫先生也是啊，深夜动画的改编小说可以卖得那么好，真叫人羡慕啊。只要动画受欢迎，就算是平铺直叙地列出剧情大纲也可以变成畅销书呢。"

"早川小姐下次要不要干脆用自己的照片当封面啊？这样比较容易看出是艺人的著作，一定会卖得更好的。"

"……！"

我们笑容满面，措辞客气，对话过程却不断冒起火花。

远子小姐惊讶地眨眨眼睛。

"真是的，你们两人都搞错了啦，'业平'系列不是动画改编小说，绯砂是作家不是艺人。当然，快斗也一样是作家啦。"

远子小姐向我们解释。

她是察觉到现场剑拔弩张的气氛，试着打圆场？还是完全没发现我和早川对彼此怀着敌意？这真是个谜。

我们分别站在远子小姐的两侧，比刚才更凶狠地互相瞪着。

此时早川故意勾住远子小姐的手臂，以撒娇的语气说："远子小姐，再不去拿蛋糕就要没了。我们走吧。"

"咦？绯砂？"

"等一下！吃什么蛋糕，牛肉卷才好吃咧！远子小姐！"

我挡住她们的去路，出言反驳。

"咦？呃……快斗……"

"远子小姐，你比较想吃蛋糕吧？你最爱吃的是甜食吧？"

"喜欢的东西要留到最后才会更好吃，远子小姐一定明白这个道理。还是先去吃牛肉卷吧？"

"那、那个……我今天要负责招待作家，不能随便吃东西，所以你们的好意我心领了。"

远子小姐露出苦笑说。

"我这客人都说没关系了，你就吃嘛，远子小姐。"

"你这样根本是职场霸凌嘛，远子小姐会很困扰的。"

"少在那里装乖孩子了。远子小姐，我想和你商量下次短篇的剧情，我们到那边去谈吧。"

"我也要！我正打算听听远子小姐对我这系列今后的发展有什么意见呢！"

"呃……"

远子小姐慌张地轮流看着我们两人。

"好的，绯砂的故事和快斗的故事我都会找时间仔细听的，我晚点再寄信通知你们日期吧。"她像在教导不讲理的孩子似的微笑着说。

"啊，总编好像在叫我，我得走了。绯砂，快斗，你们好好享受吧。"

远子小姐说完便穿过人群，向佐佐木先生走去。

现场只剩我和早川两人。

早川不悦地说："都是你太烦人，吓跑了远子小姐。死高中生。"

"吓跑她的是你那惹人厌的声音吧？笨蛋女大学生。"我也不客气地回嘴。

"惹人厌？我才想说你呢，你不只是声音，连眼睛鼻子嘴巴手脚，甚至呼吸比别人讨厌一百倍。"

"那你就是我的两百倍。"

我们就像抢地盘的野狗一样恶狠狠地互瞪。

一旁那些参加派对的作家都在享受美食、欢畅谈笑，只有我和早川绯砂周遭一带席卷着漆黑的旋涡。

早川下巴一抬，指着大厅的方向。

"这里不是讲话的地方，我一直有些话想和你说，我们去外面吧。"

"好啊，我也是看某人不顺眼很久了。"

门外大厅还是太惹人注目，所以我们在寄存处领回外套，来到饭店的庭园。

这里也可以用来举办花园派对，不过现在只有我和早川两个人。月光把我们的影子投射在石制的小舞台上。

真够冷的。

一月寒冬，跑来室外互瞪真是太冲动了。

不过，早川身上只有布料很薄的小礼服和披风款式的外套，她一定比我更冷。

我光是看都觉得冷了，但早川仍是僵着脸伫立，仿佛死命忍住手脚的颤抖和鼻水。她的外套下摆和随性垂下的鬈发都很戏剧性地摇摆着。

寒风从我们之间吹过。

早川像是看着毛毛虫似的，一脸厌恶地说："坦白说，从远子小姐开始当你这种人的编辑开始，我就很不高兴了。"

"我也一样，像你这种艺人作家竟然能找远子小姐当责任编辑，真叫人不爽。"

"你才是艺人作家吧？动画 DVD 附赠每一集女主角的抱枕我还能勉强接受，不过最后一集送的竟然是作家的等身抱枕，太恶心了！到底想卖给谁啊？"早川极度厌恶地缩起肩膀。

"那是制作公司一直拜托'请务必让我们把老师的帅气照片

做成抱枕'我才答应的！而且最后一集的销路明明是最好的，一大堆店家都卖到缺货。"

"真讨厌，你的读者分明都是变态。说不定是你写的东西太恶心、太低能，害读者都受到影响了。"

"你说什么！你的读者不是也会看着小说封面折口上的泳装照兴奋喘气吗！"

早川尴尬得连脖子都红了。

"那……那是编辑擅自决定的啦！又不是我主动要求的！"

"喔？真的吗？"

我嗤之以鼻，突然一个巴掌挥过来。

"好痛！"我火气上冲，忍不住大吼，"你搞什么啊！如果害我的脸肿起来，不能帮杂志拍照，我就要你赔偿一亿日圆！"

"也对，你就是靠那张奶油小生的脸蛋来卖书的嘛。瞧你穿得像痞子一样，当那种花哨的模特，还得意洋洋地制作那种恶心的抱枕……雀宫快斗！我跟你才不一样！"早川显露出十足的敌意大叫，突然间，她好像要打喷嚏，但又扭曲着脸孔忍住，继续说，"远子小姐也认同我的实力，对我抱着极高的期望，都是你这个靠脸吃饭的作家占用远子小姐本来要花在我身上的时间，最让我火大的就是这点！"

这家伙是什么玩意儿嘛！讲话老是这么自私！远子小姐又不是她的东西！

"读了你那种没内容，像注脚似的文章，连远子小姐的纯净都会被污染的！像你这种小鬼才配不上远子小姐呢！"

这句话让我的脑袋瞬间充血。

说我是小鬼？说我配不上远子小姐？

"现在这个时代女大男小又有什么大不了的？就算差个七八九岁又怎样？多得是和相差二十岁的女人结婚，共创幸福家庭，白头偕老的人呢！"

气死我了，呼……

早川目瞪口呆地望着还在喘气的我。

然后她惊疑不定地说："……难、难道……你想和……远、远子小姐结婚……白头偕老吗？"

她那愕然的语气听得我顿时满脸通红。

我冲过去抓住早川的肩膀，狰狞地吼叫："给我闭嘴！不、不准跟远远远远远子小姐说！要是你敢说出去，我我我就宰了你！"

我气急败坏，拼命口吃，早川依然惊吓地瞪大眼睛。

就在此时，旁边传来"咔嚓"一声，黑暗之中闪出一瞬光芒。

咦？咔嚓？

我们吃惊地往光芒望去，接着又是一阵刺眼的光线。

咔嚓！咔嚓！咔嚓！

花坛的草木后方传来几次按快门的声音之后，好像有人跑掉了。

"等、等一下，刚才那是……"早川茫然地说。

我也跟着慌起来，手还抓在早川的肩膀上。

惨了。我正想宰掉早川的时候，竟然被人偷拍了。

◇　　　◇　　　◇

文艺情侣诞生！？
高中生作家雀宫快斗（16岁）和女大学生作家早川绯砂（20岁）在饭店幽会?
热情画面遭人撞破!

隔天，报纸娱乐版出现了这样的标题。

报纸刊出的照片上，早川惊讶地睁大眼睛，我则是抓着早川的肩膀，上身前倾，（看似）和她脸颊相贴，仿佛正要把她推倒。

我想去便利店买午餐，一走出家门就有成群拿着麦克风和摄影机的主持人和记者围上来。

"快斗！关于你和作家早川绯砂小姐正在热恋的报道，你有什么感想呢？"

"你们两人是从什么时候开始交往的?"

"绯砂小姐比你大四岁，你会在意年龄差距吗?"

"你们常在公开场合接吻吗?"

不管我怎么解释我没有和早川交往，那只是在出版社的派对上，出去呼吸新鲜空气时碰巧遇到的而已，根本没有什么接吻或是热情画面，可是没人肯听。

就在去便利店买饱足盐味鲑鱼便当的时候都被记者猛拍照，我只好逃命似的跑回家。

门铃叮当叮当的一直响，所以我把声音关掉，坐在沙发上猛抓头。

混账！为什么会变成这样！

为什么偏偏是和那个傲慢的艺人作家传出绯闻？

假使和那个女人交往，地球上的全人类都会来买我的书，我也敬谢不敏。如果要我用尊贵的嘴去吻她那张嚣张的嘴，我宁可一死啊！

更何况我早就有心上人了……

我的脑海里浮现出柔顺的黑发和堇花般的笑容，心头也跟着幸福地揪紧。

这时我突然惊觉。

远子小姐也看了那份报道吗？

出版社一定会收到消息，照这样看来，身为责任编辑的远子小姐不可能不知道，搞不好连远子小姐都得接受采访。

"请问你知道快斗和绯砂在交往的事吗"

"不知道耶，我好震惊啊。不过我的年纪比绯砂还大，而且编辑的职责就是培育作家的才华，所以我会抛弃私人情感，爽快地退出。"

我想象着远子小姐静静地挥泪而去的模样。

"啊！不是！我和早川真的没有什么，你别走啊，远子小姐！"

当我坠入妄想的世界惊慌大叫时，那只黑猫还在一旁若无其事地吃着小鱼干。我看干脆剥了它的皮来做三味线吧？

正当我瞪着黑猫……

"你、你好……快斗……"

一个疲惫的声音传来，远子小姐随之现身。

"远子小姐！"

她回来找我了吗？我的情意真的传到她的心中了……

我还没从妄想中恢复，展开双手准备迎接远子小姐，看清楚她的样子之后却吓了一大跳。

她扎在颈后的头发松开了一半，深蓝色的外套掉了三颗扣子，里面的清纯针织衫和藏蓝色裙子也都变得皱巴巴的。

更令我吃惊的是远子小姐那副精疲力竭的模样。

"远、远子小姐，你……发生什么事了？"

"我在大楼前被媒体记者包围，差点上不来呢。"她有气无力地说着。

"有、有受伤吗？"

"没事，只是被他们的声势吓到而已。因为我平时也很少搭客满的地铁。"

远子小姐坐在沙发上，心情大概平静了些，她像是不想让我担心似的露出微笑。

"对不起，远子小姐！都是因为我被刊出那种报道，给你添了麻烦。"

"没关系啦。我的确有点吃惊，因为你们才刚认识呢，不过恋爱是自由的。"

"啊？"

才刚认识……难道她是说我和早川？

"我在派对上介绍你和绯砂认识时，你们都一直凝视着对方呢，想必两人都是一见钟情，真棒。"

看她陶醉叹息的模样，我不禁愕然。

不是啦！我们只是互看不顺眼，才不是什么一见钟情！

我错愕得嘴巴一开一合，说不出话来，远子小姐却摆出一副"我都明白"的温柔微笑站起来。

接着她慢慢走向书柜，白皙的手指抽出一本厚重的精装书。

《飘》——这是个篇幅多达五本文库本，或是两本单行本的壮阔故事。作者玛格丽特·米切尔是一九〇〇年十一月八日出生于美国佐治亚州亚特兰大的女作家。"她突然轻声细语地说了起来，"米切尔从二十六岁开始写这本世界名著……据说是因为她当时脚受伤，必须关在家里疗养。她好像是从最后一章开始写的。

"三年后，她的脚伤痊愈了，可是小说还没写完，就这么一直放着。如果六年后，也就是一九三五年，她没有碰到麦克米兰出版社的编辑哈罗德·莱瑟姆，说不定我们就不会认识郝思嘉这位奇女子了。这本书的出版过程众说纷纭，其中有个说法是，米切尔的朋友极力劝说，她才把还没写完的原稿拿给编辑看。听说原稿多得可以装满一整个行李箱呢！莱瑟姆看过之后，要求米切尔快点写下去，结果《飘》在一九三六年出版之后，立刻成了畅销书喔。"

什么？远子小姐在说什么啊？

她将《飘》下册紧紧抱在扁平的胸前，神采飞扬地说："啊啊，这本书就像大量牛肉加上切块的马铃薯、洋葱、红萝卜、再用爱尔兰黑啤酒细火慢炖而成的鲜亮牛肉浓汤呢！整锅热得烫舌，香气逼人，充满了在土地上扎根的人们的坚强和热情啊！主角郝思嘉是文学史上个性最鲜明、最有魅力的女主角喔。她是一个富裕农庄里的长女，又是社交女王，她对心思细腻、有艺术家性格的艾希礼始终情有独钟。艾希礼受到郝思嘉强硬的个性吸引，却娶了和郝思嘉个性截然相反，温柔含蓄的韩媚兰。于是郝思嘉赌气嫁给韩媚兰的哥哥韩查理，只是后来南北战争爆发，韩查理不幸战死沙场！守寡的郝思嘉在战乱之中独自撑起家庭和农庄，靠着智慧、魅力和坚强的个性勇敢地活了下去！当然，她和白瑞德的爱情故事也为这个作品增添了更多风采，是不可或缺的味道啊！白瑞德和艾希礼不一样，他是个充满成熟男性魅力的坏胚子，就像令牛肉浓汤增添香气的苦涩啤酒一样，刺激了读者的感官。"

远子小姐好像兴奋到几乎开始转圈了。

远子小姐到底是来干什么的？

是因为我和早川被人偷拍，让她打击太大吗？她刚刚像在祝福似的说了"恋爱是自由的"，是为了掩饰心中的悲伤吗？

啊啊，说不定远子小姐的内心正在哭泣呢。

远子小姐打开手中书本的封面，啪啦啪啦地翻页。

"最后一幕郝思嘉立志东山再起的情节也很感人，不过我更喜欢另一段。郝思嘉担心再付不出税金，土地和房子都会被没收，所以打算找白瑞德帮忙。但她觉得穿着破旧衣服，一脸憔悴地去求人帮忙有失尊严，所以用天鹅绒窗帘做了一件美丽的绿色洋装，打扮得漂漂亮亮，像女王一样抬头挺胸地去找白瑞德。"

远子小姐朗声念道："郝思嘉一双碧绿眼睛看着嬷嬷。那双眼睛愉快而闪亮，如同在过去那段幸福的日子里经常让嬷嬷无奈兴叹的那个顽劣小姑娘的眼睛。"

"……郝思嘉大叫：'快上阁楼把我那个装了衣服纸型的箱子拿来。'她还轻推了嬷嬷一把，'我要做件新衣服。'"远子小姐像郝思嘉一样眼睛发亮，"啪"的一声阖起书本。

"远、远子小姐……你该不会以为我和早川有什么私情吧？这都是误会啦，因为我……"

远子小姐愉快地看着我说："不用害羞啦，快斗。绯砂一直都很注意你，她听说我当了你的编辑时非常吃惊，后来每次见到我都会打听你的事呢。"

那只是因为她不希望远子小姐当我的责任编辑，一厢情愿地把我视为敌人，所以想要刺探敌情吧。

不过远子小姐却露出了姐姐般的温柔微笑。

"我想你和绯砂一定很合得来，因为你们各方面都很相似。"

相似？

我跟那个自恋的女人？

到底哪里相似啊！我出道的年纪比她早多了，而且我写的又不是以笨蛋女大学生当主角的爱情喜剧，个性也比她正直谦虚一百倍！

这句话实在太过分了，我已经气得浑身颤抖，远子小姐还继续打击我。

"所以我会站在编辑的立场帮你们的恋情加油喔。"

哇啊啊啊啊啊啊啊啊啊！

我一把揪住远子小姐的双肩。

远子小姐像杂志照片上的早川一样双眼圆睁。

"不是的！远子小姐！我不是害羞，事情真的不是那样啦！我喜欢的是……"

我正要全力喊出那个名字时……

砰！

玄关传来开门声。

远子小姐进来时可能没有上锁。

难道是那些媒体记者跑进我家了吗？

既然如此，我就在摄影机前宣布我真正喜欢的是这个人！我横眉竖目地转换成战斗模式。

"远子小姐！我会保护你的！"

不过伴随着啪哒啪哒粗鲁脚步声出现的却是头戴帽子、脸上戴着大眼镜和口罩，打扮得活像是要去洒农药的村姑的女人。

这家伙是谁啊？

远子小姐喃喃说道："绯砂？"

什么！

那个村姑摘下帽子、口罩和眼镜丢在地上，我的眼前赫然出现了怒气冲冲的早川绯砂。

"都是你害的啦！现在要怎么办啊？"

早川一来就破口大骂。

"为什么偏偏是跟你这种人传出绯闻？我对相差四岁的死小鬼才没有兴趣！你那时干吗突然贴上来啊？"

"等一下！你说谁贴上去啊？"

"就是你啦！你明明抓着我的肩膀，张大鼻孔，把脸往我凑过来！"

"像个白痴一样睁大眼睛呆在那边的又是谁啊？话说回来，是你先动手打人的，明明就是你在找我的碴！"

"你是说这都是我的错？推卸责任的男人最差劲了！"

远子小姐对吵得正凶的我们说："我再待下去好像会打扰你们，所以我先回编辑部吧。偶尔吵架的确可以增进感情，不过你们要适可而止喔。"

　　"等、等一下……"

　　"远子小姐，你别走啊！"

　　我伸长了手，慌得说不出话，早川则是哭丧着脸大叫。

　　不过远子小姐还是踩着轻巧的步伐走出大楼了。

　　"唔——"早川沉吟着。

　　然后她突然抬起凶器般的脚，朝我的屁股踢来。

　　"呜嘎！"可笑的叫声从我的嘴里飞出。

　　"干什么啦！你这个色狼！"

　　"少啰嗦！我今天本来计划好要和远子小姐一起去青山新开的咖啡厅午餐，讨论下次的作品，然后要去电视节目介绍过的蛋糕店，接着去青山墓园一边散步，一边讨论我们的将来！都是你这个瘟神啦！你光是活着都碍眼，竟然还敢暗恋远子小姐，真叫人不敢相信！你这只害虫！臭猴子！死猪哥！"

　　我打断了早川的谩骂。

　　"喂！你刚刚是不是说了很不合时宜的发言啊？'我们的将来'是什么意思？对远子小姐别有企图的人应该是你吧？"

　　早川对我抛来轻蔑的一瞥。

　　"不要把我和你相提并论，我是站在作家的立场，把远子小姐这位编辑视为最佳拍档。可是我那拍档竟然还得照顾像你这样的小鬼……啊啊啊啊啊！我想到就生气！"

　　"啊？什么最佳拍档，会这样想的人只有你吧？远子小姐的最佳拍档是我才对，她第一次来拜访我时就说过她是'业平'系列的超级书迷，能当我的责任编辑太幸运了这样的话。"虽然我稍微改编了一些，总之大意就是这样啦。

"你、你说什么！远子小姐也对我说过'你的小说味道好甜好丰富，我很喜欢呢！'"

"哼，不管你怎么乱叫，远子小姐负责的作家之中，人气、实力、销售量最高的都是我，这是毫无疑问的事实。"

"唔唔唔——真让人火大！你凭什么说得这么肯定？"

"因为我是天才。"

早川说不出话了。她张着嘴巴，专注地凝视着我帅气聪明的脸，把手贴在额头上片刻，不知为何浑身颤抖，猛然抬头。

"跟你这种人认真说话都会头晕。既然如此，我们就来搞清楚谁才是远子小姐最棒的作家吧。"她指着我的鼻子说，"雀宫快斗，我要求和你一决胜负。"

"一决胜负？"

"没错，薰风社的网站下个月不是有短篇小说比赛的策划吗？"

"喔，你是说让读者在网络上投票决定名次的那个比赛？"

"在那个比赛里得到较多票数的，就可以拥有远子小姐最棒作家的名号。"

"很有趣，我接受你的挑战。"

我不假思索地回答。若用读者投票来决定，我是不可能会输的。

早川露出高傲的笑容。

"我要拿出我从出道前就开始酝酿的经济小说。告诉你吧，我绝对不会输。"

"哼，我看不过就是女大学生买点股票赚赚零用钱，结果和证券业精英在一起的爱情喜剧吧。"

我本来想激怒早川，但她依然挂着自信满满的笑容。

"走着瞧吧。你也要拿出有自信不会输给我的作品来比赛，否则就不好玩了。"

她说得意味深长。

"再会啦，我会好好期待结果的。"

然后她戴上眼镜、口罩和帽子，像在走台步一样矫揉作态地走了。

"哼，我也会好好期待你哭着低头说出'我认输了，雀宫大人'的那一天！"

被誉为百兽之王的狮子即使是抓老鼠也会竭尽全力。

既然要赢，就得赢得彻彻底底。这正是王者的宿命啊。

网站要用的短篇早就写好了，但我放弃了那一篇，回头做起上网搜寻读者喜好的准备工作。

我详细调查了最近在网络使用者之间评价最高的电影、连续剧、漫画和游戏，分析是哪些地方吸引读者，一边用笔记型电脑做笔记，思考要用什么手法挑动读者的情绪。

唔唔……一步登天的成功故事果然很受欢迎。这是最后来个大翻盘的圆满结局啊……可是在路边帮了不舒服的老婆婆就能变成大富翁，想得太天真了吧？

主角乍看是个没有任何长处的普通人，实际上却拥有神秘的力量，某天突然有个美少女迷上他，死缠着他不放，这种剧情似乎颇受好评。这不可能发生在现实生活吧？

描写兄妹禁忌恋情的漫画竟然可以卖到五百万本？这是哪个年代的爱情故事啊？

描写老人看护真实情况的争议作品得到了奥斯卡最佳外语片奖？这题材太枯燥了吧，真的有人要看吗？

"唔……全都找不出好灵感嘛。"

这些东西真的会受欢迎吗？

我关上电脑，展开实地调查。

我搭地铁来到市内，走进一家大书店的五楼，仔细观察畅销区的书，还拿起来翻阅，研究销售情况。

《退休前存到一亿日圆的方法》

这种东西也叫畅销书？年收入超过一亿日圆的我实在无法理解。

我慢慢地晃到四楼，接着又到三楼。

当我观察着这里的畅销区时……

"呀！"

我不小心撞上别人。

"啊，对不……"

我正要道歉，抬起头来竟然看到早川绯砂。

她身穿香槟金色的大衣，贴身的黑长裤，脸上还戴着墨镜。

"你、你是雀宫？竟然还戴墨镜。"

"你不也是吗？难道你是在假扮艺人啊？"

早川一听就扬起嘴角。

"假扮艺人的是你吧，我是来搜集资料的。"

我一看，早川手上抱着四本像字典一样厚的书，书名都是什么经济学什么市场什么投资之类的词汇。

"你说要写经济小说，是说真的吗？"

"这还用问？"

"也罢，有些人光是找找资料就会满足了。"

"你说什么！"早川挑起眉梢。

"不好意思……请问你是绯红系列的作者早川绯砂小姐吗？"

有个背着大背包，肥得像猪公一样的男人红着一张满是汗水的脸，急匆匆地说。

"我是绯砂小姐的忠实书迷，绯砂小姐上过的每个节目我都用 DVD 录下来了，杂志上的照片也会剪下来收藏呢。哇！本人果然更漂亮！那、那个，你可以帮我签名吗？"

这家伙满口说的都是电视节目、杂志这些和小说完全无关的东西，我想早川一定会生气。而且她那么重视时尚品位，一定很讨厌这种宅男。

不过……

"谢谢你，我好高兴。"

我一时之间还以为自己听错了，接着又怀疑自己看错了。

早川对那胖男人露出微笑。

男人从背包里拿出笔记本和笔，她立刻接过来签了名。

"今后也请你继续支持。"她以开朗的语气说。

那男人频频向她鞠躬，然后就走了。

"……原来你喜欢胖子啊？"

她立刻踩了我一脚。

"好痛!"

早川刚才的客气态度不知道都到哪儿去了,她一脸凶悍地瞪着我。

"才不是那样!只是……远子小姐经常告诉我要好好珍惜读者……"

早川大概也觉得刚才的表现很不像她的作风,所以噘着嘴别开了脸。

"有这么多的作家,他们却看了你的书,光是这样不就很值得开心了吗?"

我想起远子小姐笑容满面地拿读者来信给我的模样。

是啊,远子小姐总是这样说。

看到早川这么认真地实践,我对她稍微有些好感了。以后如果在路上碰到热情书迷来请我签名,我也要亲切地回应。

"那个……不好意思……"

有个女生的声音战战兢兢地说。

这么快就来了?我摘下墨镜,转过身去。

"没问题,我会帮你们每个人签名的。"

"请问可以让开一点吗?这样我没办法拿书。"

什么!

穿着制服的少女从平台上拿了一本书,迅速地转身离去。

早川用不屑的语气说:"……你果然是个笨蛋。"

"给、给我闭嘴!"

"唉，竟然跟这种人比赛，害我觉得自己也变蠢了。但我绝对不会手下留情，我要拿下压倒性的胜利给你瞧瞧。"

早川丢下高傲的宣示就走了。

"这是我要说的话才对！我一定要让你哭着认输！"

我也朝她远去的背影抛出必胜宣言。

回家以后，我根据收集到的资料开始编排情节。

我花了一天来尝试各种组合，完成大纲。再花一天写成八十张四百字稿纸，再花一天来润稿。

历时三天，凝聚了我所有才能的杰作终于完成。

隔天远子小姐来我家讨论事情，我把一叠打印原稿交给她。

"远子小姐，什么都别说，直接拿这份稿子去用吧。"

"拿去用？你是说网站上的短篇企划吗？可是你已经交过稿了啊……"

"那份的确是杰作，不过这份更是超级杰作。相信我，收下这份原稿吧。"

我严肃地断言说道，远子小姐一脸困惑地看着我。

"总之先让我看看吧。"

她接过稿子，坐在沙发上读了起来。

第一页。

看见远子小姐美丽的眼睛愕然睁大，我相信自己一定能获得胜利。

第二页、第三页……

远子小姐看着看着，身体渐渐前倾，额头冒出汗水。

她像是难以抑制心中的震撼，不时发出"呜""呃""不会吧"之类的声音，此外还不断眨眼，似乎不敢相信写在稿纸上的字，最后甚至感动到脸色发青。

"快……快斗……你真的要把这个放到网站上吗？"

"相信我吧。"

"可、可是……"

我朝对面的沙发探出上身，紧紧握住远子小姐的双手。

"这篇小说和我们的未来有密切的关系。"

"我、我们？"

没错，如果我在网络投票之中得到声势空前的高票，打败了早川，我就要向远子小姐表白心意。

远子小姐，我喜欢你，当我专属的编辑吧。

可是我的年纪比你大耶。

无所谓，就算你比我大二十岁，我的心中还是只有你一个人。

我好高兴喔！快斗！

抱住！

我幻想着自己在夏天的高原上和身穿纯白洋装的远子小姐相拥，鼻血都快喷出来了。为了打造我们光明灿烂的未来，我一定要用这篇小说来感召广大读者！

　　我像阿修罗一样全身充满斗志，目光如炬。

　　远子小姐突然认真地问："快斗，这个故事是怎么想出来的？"

　　"我在网络上和书店调查过读者喜欢的剧情，再经过分析得来的。"

　　听到我这难掩睿智光芒的发言，远子小姐又讶异地睁大眼睛。

　　"……快斗，你会参考读者意见来创作？"

　　"是啊，这才是能吸引读者的终极故事嘛。"我露出充满自信的微笑。

　　远子小姐仍然认真地盯着我，然后像在沉思似的垂下眼帘……

　　"好吧。"

　　她抬起头来，轻轻放开我的手。

　　"总之我先收下，但是还不确定能不能发表喔。"

　　"远子小姐！我相信你，所以也请你相信我，把这份原稿展露在读者眼前吧！"

　　我坚定地如此断言，远子小姐的表情显得很为难。

　　远子小姐离开后，那只黑猫又跑来讨小鱼干吃。

　　"尽管吃吧，就当是提前庆祝。"

　　我一边撒着小鱼干，一边在心中喊道。

　　等着我吧，远子小姐。

我拿到第一名之后，就会抱着和你一样高的花束去见你的！

◇　　　◇　　　◇

交往后的第一次约会要去哪里呢？要不要两人一起去温泉景点旅行呢？我在诸如此类的妄想之中度过三个星期。

我和早川的绯闻早就被知名艺人闪电结婚、婚外情骚动之类的新闻盖掉了。

这段时间也发生了一些令人不爽的事，譬如早川的书迷发起网暴，一起焚烧我的小说，还有人把我的等身抱枕剪烂寄到出版社之类的，不过只要想到我和远子小姐光辉灿烂的未来，我就什么都不在乎了。

话说回来，早川也收到我的书迷寄去的刀片，算是扯平吧。

我们还讲了整整两个小时的电话，争论谁的书迷比较过分。

"都什么年代了竟然还有人在寄刀片，这品味真叫人难以置信。你的书迷该不会是欲求不满的大婶吧？"

"什么？你的书迷不也是在网络上找人一起烧书的阴险家伙吗？你才没资格说我咧。"

"算了，无所谓，反正很快就可以知道谁才是最优秀的作家了。"

"想也知道会赢的一定是我。"

就这样，我的超级杰作在网站上公开的日子终于来临。

远子小姐信任我，换了后来那份原稿。出现在电脑荧幕上的小说标题就像我和远子小姐的爱情见证，看得我心头漾起一阵甜意。

令我很意外的是，早川的小说《金牌执照》写的是精英银行员和身为投资家的老同学携手合作，让负债累累的航空公司起死回生的硬派小说。

完全不像她从前那些架构简单的都市爱情故事。

这真的是早川写的吗……唔唔……或许对手比我想象的还要难缠。

不过她一定还是敌不过我这篇小说的震撼力。

我开始上网搜寻读者的意见。

投票结果要再过一周才会揭晓，总之先来看看读者们吃惊和赞叹的反应吧。

雀宫那篇《某个少年的挽歌》未免太烂了。

奇怪？

是我看错了吗？

我再仔细看看出现在荧幕上的文字。

这是小学作文的水平吧？简直是看轻读者了。就算是网站上免费阅读的小说，写得也太随便了，这个故事大概是用三分钟想出来的。

太奇怪了。我应该会看到成篇的赞美才对啊，怎么反而被骂得一文不值？

我看完网站上的雀宫快斗小说了。一言以蔽之，真是垃圾。

故事乱七八糟，破绽百出。

主角是个平凡的高中生，美国总统的女儿竟然爱上了他。他被绑架到纽约，只用短短一行就逃出去了，然后在拉斯维加斯的赌场莫名其妙地发现自己有超能力，一口气大赚了三十亿日圆。

其实主角是美国某研究室利用基因工程制造出来的超人类，力量大到足以毁灭世界，所以要封锁他的记忆，让他在日本过着平凡的高中生活。

总统的女儿把真相告诉主角之后，还说出另一件更惊人的事，那次实验用的是总统的精子，所以她和主角算是同父异母的兄妹。

主角一再敷衍她，却又没头没脑地对她产生爱意，为这段禁忌的感情痛苦不堪。

他们两人不断对抗总统派来的追兵，躲藏到世界各地。说是这样说，不过这段情节只写了三行。

两人在埃及的狮身人面像前听到了总统病倒的消息，想想毕竟是血浓于水，所以一起赶到医院。

从他们获得消息到下定决心，只用了两行。

这对笨蛋情侣和年迈的总统握手言和，还答应和总统住在一起，照顾他到最后。

顺带一提，总统的女儿其实是总统夫人和外遇对象生的孩子，所以她和总统、男主角都没有血缘关系，最后两人在好莱坞的教堂结婚。

我都懒得吐槽了。

在这一大篇剧情大纲之下的意见栏里……

"这篇剧情是真的吗？这真的是专业作家的作品吗？"

"我也去看了，剧情进展快到让人搞不懂是怎么回事。"

"雀宫已经完蛋了。"

"主角最后自以为潇洒地说出'我不能逃避老人看护问题'让我笑翻了。白痴啊！"

"本年度最强的搞笑小说。"

全是这种让人看得头昏的发言。

我继续搜寻其他意见，可是每看一句，心脏就如刀割一般疼痛。

怎么可能……

读者不是最喜欢大翻盘的圆满结局吗？

不是最期望看到平凡的少年发挥出潜藏已久的能力吗？

不是最爱死缠着主角不放的傲娇美少女吗？

不是最憧憬兄妹之间的禁忌爱情吗？

老人看护问题不也是读者的共同烦恼吗？

我融合这些元素所写出的终极娱乐小说，为什么会被批评成这样啊！

太没道理了，我气到想要徒手劈碎荧幕，下手之前却突然想到。

哼，我怎么可以被这些喜欢议长论短的"部分读者"的玩笑话影响呢！

有鉴赏力的大部分读者一定会把票投给我。

没错，喜欢在网络上大放厥词的家伙，都是一些嫉妒我过人才华和俊帅外表的丧家犬。

　　这些俗人只是不肯承认别人比自己优越，喜欢借由批评来营造自己很了不起的错觉罢了。

　　没错，我不需要自乱阵脚。

　　等到投票结果出炉，就会真相大白了。

　　我仍然坚信自己能拿到第一名。

　　过了一周。

　　远子小姐带着出席葬礼般的沉静表情来找我。

　　"……投票结果出炉了。"

　　她瞄着我，像是难以启齿似的闭着嘴。

　　"没什么好担心的。我猜得到结果，你就说吧，我的名次是第几？"

　　远子小姐小声地说："是第一……"

　　喔喔！

　　"……倒数第一。"

　　什么！

　　"而且票数差距大到毫无争议。"

　　我心中冲击之大，就像被陨石砸到脑袋。

　　倒数第一？

　　我？倒数第一？

而且还是毫无争议的倒数第一？

远子小姐一脸沉痛地看着愣住不动的我。

"可、可是，你那篇小说的点阅率是毫无争议的第二名喔，这证明你确实吸引了读者的目光啊。"

"毫无争议的第二名是什么意思……"

"第一名和第二名的小说点阅率比其他篇高出许多。你和第一名的点阅率只差一点点，几乎等于是并列第一了。"

"点阅率最高的是谁？"

"井上美羽。"

远子小姐突然露出微笑。

"快斗真厉害！竟然可以和他并驾齐驱！"

她像是在鼓励我似的，讲得非常兴奋。

"……井上美羽的票选名次是第几？"

远子小姐笑得更开心了。

"当然是毫无争议的第一名。"

这句话听得我脸色发青。

井上美羽的读者票选结果也是第一名！

我的点阅率这么高，竟然还会落到毫无争议的倒数第一。我竟然在读者票选之中彻底输给写人妖小说的井上美羽！

不对，更重要的是早川的名次，说不定她和我并列倒数第一呢……神啊！拜托一定得是这样！否则我就要输给那个女人了，远子小姐最棒作家的名号也会被她抢走啊！

我抱着最后一丝希望祈求……

"那、那早川的名次呢？"

听我这么一问，远子小姐又很开心地说："绯砂是第二名喔。"

"倒数的吗？"

"不是，是读者票选的第二高票。绯砂这次非常努力呢，她为了写这个故事，从几年前就开始准备了，搜集了好多资料喔。"远子小姐轻柔地说着。

她的声音和话语我完全没听进去。

我输给早川了。

我是倒数第一，早川竟是第二名……

我全身无力地跪在地上。

"快斗……"

远子小姐慌张地蹲下。

"不要这么消沉嘛，快斗。得到这样的结果虽然很遗憾，但是你可以从中学到一些东西，下次再写个能吸引读者的故事吧，我也会尽量帮忙的。"

"远子小姐，请你回去吧……"我低着头，眼眶逐渐盈满泪水。

"如果你同情我这个失败者，就、就请你……让我自己静一静吧……"

远子小姐一定觉得我颤抖肩膀的模样很可怜，她温柔地说："我会再寄信给你的。"然后就走了。

呜呜……这么杰出的我竟然会输……

我不是天才明星作家吗？我靠的只是侥幸卖得不错的"业平"系列吗？其实我只是靠外表吸引女性读者买书的艺人作家吗？

我这种废物哪有资格向远子小姐告白啊！

我输了这场仗。

我不再是远子小姐最棒的作家了。

远子小姐一定也在心底看不起我了吧。

我还以为快斗是个有才能的当红作家，是个能托付终身的长期饭票呢，看来是我错了。原来只是虚有其表，真叫人失望。

一想到远子小姐冷冷说出这些话的模样，我又忍不住"啊啊啊啊啊！"地大叫。

我在地上打滚，努力挥去脑中的画面。

不对！远子小姐才不是这种女人！

可是，以后我每次见到远子小姐一定都会觉得自己配不上她，忍不住冒出这种幻想。我趴在地上哭泣。黑猫推开窗户跑进来，舔舔我的泪水，一边趴着睡着了。

隔天，我的心情还是沉在谷底。

"冷静下来以后请跟我联络。我会带你最爱的七鳃鳗蒲烧便当去找你。"

看到远子小姐的信，我的眼中又流出了咸苦的液体……

这时大门"喀啦"一声打开。

昨天远子小姐回去时没有锁门吗？

大步跨进我家的是我现在最不想见的女人。

早川绯砂。

她是专程来嘲笑我这个输家吗？

今天早川没有戴墨镜，化妆发型一如往常，身穿克什米尔羊毛长外套和裙摆极短的洋装，脖子上还挂着长长的宝石项链。这家伙为什么可以一次又一次地突破大楼的门锁啊？难道她也兼差当小偷吗？

"怎、怎样啊？你是特地盛装打扮来向我示威的吗？"

我不想在她面前示弱，急忙擦去眼泪说道。

早川依然站在门口瞪着我。

她似乎不太对劲，因为我发现她那双大眼睛竟然含着泪水。

不像是因为胜过我所以喜极而泣。

突然间，早川把手上的名牌包朝我砸来。

"你干吗啦！"

我来不及闪避而被击中了脸，才刚生气大吼，却又吓了一跳。

早川坐在地上，双手遮脸，肩膀也开始颤抖。

她、她哭了？那个目中无人的早川绯砂竟然会哭？

"喂！你在哭什么啊？你不是在读者投票拿到第二名吗？我才想哭。"

"……远子小姐她……"早川颤声说着。

"远子小姐怎么了？"

"她说……不当我的编辑了……"

"什么！"

她抽噎几声，又哭了起来。

"这是怎么回事啊？早川？难道远子小姐要离职了……"

我焦急地问，早川仍然遮着脸，摇摇头。

她断断续续地说："远……远子小姐说要趁今天见面讨论时庆祝我得到读者投票第二名，我好开心……我从昨晚开始一直期待着和远子小姐讨论下次要写的故事……可、可是……我到了餐厅，却看见远子小姐的身边有个陌生男人……她、她说那是我的新责任编辑……"

她解释的声音绝望地颤抖着。

更换编辑是常有的事。我也一样，远子小姐已经是我的第五个编辑了，有一次甚至才一周就换人，当我听到"某某失踪了"的消息时，真不知该作何反应。

我也曾经直接向总编抗议，说我实在忍受不了那家伙，主动要求更换编辑。

第四个编辑也是和我闹翻之后跑掉的，接着来的就是远子小姐。

作家和责任编辑的契合度会影响到创作意愿，也会反映在作品里，所以每个作家都希望和能干的编辑、合得来的编辑、能信任的编辑合作。

在早川的心目中，那个人就是远子小姐。

"呜……我好震惊……脑袋变得一片空白，身体也开始不舒服，所以就先走了。"

早川一定觉得自己被抛弃了。

她竟然会来找她最讨厌的我哭诉，可见她的心中有多混乱，受到的打击有多大。

早川不停颤抖的肩膀看起来好瘦好脆弱，连我都看得很心痛。

"如、如果编辑不是远子小姐……我就写不出来了，只有远子小姐可以理解我的作品。我一直很想写正经的经济小说，可是之前的编辑说年轻女孩还是写轻松的恋爱故事比较适合，要求我重新改写得奖作品……后来绯红系列卖得很好，所以我也只能继续写这个系列！"

她自行拿了我家的卫生纸来擤鼻涕，然后把头垂得更低。

"我、我才不想拿自己的泳装照来当作者近照，也不想上电视……接受杂志访问时，采访员完全不问跟作品有关的事，反而一直问我喜欢的男性类型、现在有没有交往对象、放假会去哪里玩……我又不是艺人，我是作家！就算有人夸奖我的长相身材，我也不会高兴的，没有一个人提到我写的东西！"

别人夸奖我的外表时我倒是会很开心，我也很喜欢模特儿的工作，恨不得让全世界都看到我帅气的模样。但是，早川非常介意别人是看她年轻貌美才捧她，而不是因为作品。她想靠实力获得肯定，却无法写自己想写的东西，一直被迫写些大众口味的恋爱故事，想必她一定过得很郁闷。

我真不该笑她是艺人作家……

心头又揪了起来。

"……我至今换过三个编辑……呜……可是只有远子小姐会认真看我的故事，也只有她说过'你一定写得出精彩的经济小说'……上一个编辑只说这么沉重的故事不符合我的形象，出版了也不会受欢迎，也不肯用心看我的企划书。这、这次网络票选比赛也是远子小姐去向总编商量，我才能用那篇作品。她还对我说'如果得到好评，或许可以改成长篇系列喔，我们一起加油吧。'……所、所以我才会这么努力啊！我在读者投票拿到了第二名耶！……为什么？为什么现在又要换编辑？远子小姐不想当我的编辑了吗？"

——绯砂这次非常努力呢，她为了写这个故事，从几年前就开始准备了，搜集了好多资料喔。

远子小姐微笑地说出这番话时开心得像在说自己的事。

可是她却把早川编辑的位置交给其他人。

如果是上层的命令，一个小编辑是无法拒绝的。不过，这会不会是远子小姐自己的意思呢？

早川已经哭到泣不成声了。

现在的早川一点都不像艳丽高傲的郝思嘉。

只是个脆弱凄惨的平凡女人。

可是……

"早川绯砂，现在不是该哭的时候吧？"我鼓励着她说，"你会颓丧也是无可奈何，可是你的小说主角不是老爱说'明天再去找寻最美好的恋情'吗？《飘》的女主角郝思嘉在这种时候也不会只顾着哭哭啼啼的吧？"

早川放下遮住脸的双手，惊讶地看着我。

"啊，你的粉底都糊了，东一块西一块的。睫毛膏也掉了，好像熊猫眼。"

"什、什么啦！"成了熊猫眼的早川红着脸大叫，"你也该看看场合，闭上嘴巴吧！差劲的男人！"

"你不是被敌人安慰会觉得高兴的女人吧？"我冷冷地吐嘈。

早川惊讶得僵住。

"听好了，郝思嘉才不是虚有其表的洋娃娃。你应该读过《飘》吧？她在战争中过得那么穷困潦倒，去找白瑞德帮忙时都还会考虑要穿什么衣服呢。如果让白瑞德看到她穿得破破烂烂，一定会被轻视。她是个永远都要保持女王尊严的女人。为了把白瑞德操弄在掌心里，郝思嘉还用窗帘做了新衣，堂堂正正去面对挑战呢！"

我以高高在上的眼神看着早川叫道："早川绯砂！别再为不如意的事态自叹自怜了，像郝思嘉那样挺身奋战吧！既然你不能接受更换编辑，就直接去找总编谈判啊！不要哭哭啼啼地直接放弃！不要轻易和现状妥协！穿上最好的衣服去奋战吧！"

对，郝思嘉绝对不是空有美丽外表的女人。

她勇敢积极、精打细算，无论碰上多大的困难都不会退缩。

我绝对不要像乞丐一样去求他，我要像个施恩的皇后到他那里去，他万万不会知道的。

她坚定地踩在战火肆虐过的土地上，大叫自己无论如何都会活下去。

上帝就是我的证人。我向上帝起誓，北方佬绝对无法使我屈服，我一定会撑过去的。

上帝作证，就算要我去偷、去杀人，我也绝对不要再挨饿了。

早川站了起来。

虽然她的妆都花了，脸上一塌糊涂，但是双眼已经迸出精光，充满斗志。

她将鬈曲的发丝往后一拨，挺起胸膛傲然说道："我要去编辑部。还得先换套衣服才行。"

我和早川一起出现时，立刻在编辑部引起一片骚动。

她穿着优雅展现身体曲线的鲜红迷你裙洋装，外搭红色的皮大衣，脖子上还系了红色领巾。

全身都如烈焰一般火红。

虽然如此，却又不显得庸俗。

早川绯砂踩着红色高跟鞋，伴随着悦耳的脚步声往前走。

穿着名牌西装的我也跟在她身旁。

本来忙着伏案工作的编辑都睁大眼睛，屏息望着。

"绯砂，快斗……"

正在座位上工作的远子小姐也吃惊地站起。

早川毫不在意众人的目光，依然带着女王般的威严和傲气笔直走向总编的座位。

想必她的心中一定恐惧到几乎快要晕倒。

薄衣底下的心脏也一定狂跳不停。

可是早川的肩膀、双手还是一样平稳，擦上鲜艳口红的嘴唇依然紧闭，也没半点颤抖。她仿佛认定自己的地位高过所有人，认定在这个场合是由自己做主，自信坚定地踩着高跟鞋前进。

鲜艳夺目的绯红皮外套和裙摆华丽地飘舞着。

总编佐佐木先生坐在自己的位置上，先是显得一脸困惑，接着正色望着早川。

早川也凝视着佐佐木先生，以强而有力的语调说："我来这里是要谈一件很重要的事。"

"雀宫也是吗？"

佐佐木先生望向我。

"我只是陪她来的。"我在早川身后严肃地回答。

佐佐木先生听了便放松表情，客气地说："那就请到会议室吧。"

远子小姐也被找了过来，我和早川、佐佐木先生、远子小姐进入一间会议室。

早川的新编辑马场有事外出，佐佐木先生请其他编辑转告他，回来以后立刻进会议室。

"好了，早川想谈什么事啊？"

大家就座以后，佐佐木先生问道，早川站起来说："我不能接受更换编辑。《金牌执照》是我和远子小姐一起完成的作品，今后还得和远子小姐一起把这个系列经营成畅销作。如果现在更换编辑，很可能让这部难得有个好开始的作品走向失败，所以请让远子小姐继续当我的编辑。"

早川明确地表达了自己的意见。

我虽然讨厌郝思嘉，却不讨厌她朝着目标勇往直前的胆识和毅力。

希望早川的胆识也能打动佐佐木先生。

我坐在早川身旁看着她肃穆的美丽侧脸，很难得地为她默默祈祷。

"对不起，我不能答应你的要求。"佐佐木先生温柔地回答。

早川挑起眉梢。

"可是……"

佐佐木先生温和地制止早川继续说话。

"更换编辑是天野的意思。"

早川不敢置信地看着坐在佐佐木先生身旁的远子小姐。她的脸色如此苍白，连我看了都觉得心痛。

这是真的吗？远子小姐？

远子小姐皱着眉头，露出为难的表情。

我不由得激动到耳朵发热，起身说："喂！远子小姐！你这样等于是背叛了早川耶！早川是因为信任你才会这么努力！她还对我说过，只有远子小姐理解她的作品，如果不是和远子小姐合作就写不下去了！"

"好了，雀宫，别说了！"

早川拉着我的手臂，哭丧着脸说。

"我才不管！早川在读者票选得到第二名！远子小姐不是也很高兴地说她很努力吗？为什么现在又不当早川的责任编辑了？"

在遇到远子小姐之前，我一直觉得让谁来当编辑都没差别。

反正我只写我想写的东西，编辑的工作只是收稿、校对，再送去印刷厂而已。

可是远子小姐当了我的编辑之后，我才发觉有个可以讨论作品的对象也蛮不错的。

如果那个人喜欢我的作品，能和我同心协力创造出一部作品，也是很愉快的事。

可是，如此亲密的伙伴要是像这样突然离开，我一定会受不了的！

一定会难过到心如刀割啊！

远子小姐惊讶地看着我。

我知道这只是孩子气的想法，在大人的世界里，换职位或人员调动是很常见的。

就算是这样……我一想到远子小姐或许无法理解早川的心情，还是会感伤得全身刺痛。

这时远子小姐微笑了。

"……就是因为绯砂得到这样的成果，我才决定把责任编辑的位置让给马场先生。"她以温柔清澈的眼眸望着早川。

早川的肩膀猛然一抖。

"绯砂，你一直说想要写调性沉重、充满戏剧性的经济小说，还为此努力读了很多书，搜集了很多资料。我也觉得和你合作很愉快，看到你得到第二名，我真的由衷为你感到开心。你的成就是无可限量的，你一定能写出像放凉后淋上黑莓酱的香草烤鸡一样，剧情丰富、味道又深奥的经济小说。所以你今后需要的是比我更值得依靠的伙伴。"

"怎、怎么可能有比远子小姐更好的人选……"

早川愕然到讲话结巴，但远子小姐流露出温和的眼神说："新编辑马场先生以前当过经济杂志的编辑，他一定能成为你的有力伙伴。"

早川倒吸了一口气。

经济杂志的编辑？

既然早川想要写的是经济小说，这个人的确是最适合她的编辑……

所以远子小姐才会把早川托付给他?

早川的眼中渐渐盈满泪水。

"可、可是我还是很担心……我和远子小姐以外的人合作真的写得出来吗……《金牌执照》也是因为远子小姐才有办法完成的……"

远子小姐露出堇花般的微笑。

"我只是为你打造了创作的环境,以及发表作品的地方。《金牌执照》能够得到读者支持,靠的都是你自己的力量唷。我这个尝遍古今中外书籍的'文学少女'绝对不会说错的。"

泪珠从早川的脸颊潸然落下。

"加油喔,绯砂,我是你的书迷,就算不当责任编辑,我也会继续支持你的。"

"这、这些日子感谢你的关照……我、我会尽力不辜负你的期望,今后也要努力写下去!"

搞什么嘛,连我看得都想哭了。

远子小姐像早川的姐姐似的,笑着频频点头。

总编佐佐木先生也在旁边露出温和的表情。

"不好意思。"

姗姗来迟的新编辑马场先生年约三十岁,是个有运动员气质的大叔。

他发现早川红着眼睛、泪水直流的模样,吓了一大跳。

"呜……昨、昨天我突然告辞,真是对不起……我、我会努力学习的……呜……所以今后请你多多指教……"早川朝他深深鞠躬。

"我才要请早川小姐多多指教呢。我担任文艺编辑的经验还很浅，或许有很多事反而需要你来教我，如果有做错的地方，希望你不吝指正。"马场先生不好意思地回答。

看起来是个好家伙嘛。

远子小姐既然将早川托付给他，他应该不是个坏人吧……

远子小姐、早川、马场先生继续留在会议室里讨论交接职务的事，我和佐佐木先生先行离开。

我要走的时候，早川突然跑过来。

"雀、雀宫……谢谢你帮了我这么多……"

她满脸通红地说。

"我只是觉得事情很有趣，想要跟来看热闹的。"

我说完便转身离开。

但我仍在心中默默说着"太好了哪，早川"。

鼓励敌手真不像我的作风，而且感觉太尴尬。算了，无所谓啦。

心情变得好舒坦，当我想着"事情都解决了，该回家了"的时候……

"雀宫，要不要喝杯茶啊?"

佐佐木先生和气地说，我却突然惊觉。

对了! 我在读者票选比赛拿到的是毫无争议的倒数第一名

啊！我哪里还有脸面跑来出版社！

"啊，那个……可是，这……"

"楼下那间咖啡厅的咖啡很好喝喔。"

"喔……"

我无法拒绝，只好怀着和《多娜多娜》这首歌里的小牛同样的心情，随着佐佐木先生下楼。

惨了，我陷入危机了。

在出版社楼下的咖啡厅，我全身僵硬地坐在佐佐木先生面前。

"雀宫，你的读者票选结果是最后一名，而且票数差距大得毫无争议呢。"

他一定会这样说的。

昨天之前的我，一直是为出版社赚进大把钞票，年收入超过一亿日圆，写得快又卖得好的作家。可是现在的我在票选结果得到最后一名，等于是名声扫地。

如今我只是编辑部的累赘，是要被扫地出门的第一候补……搞不好我等一下就会听到将我摒除在战力之外的决定。

——雀宫，你不用再帮我们出版社写东西了。要是继续出版你的作品，连我们的格调都会被拉低。

——大量读者来信抗议，威胁我们如果再刊登你的作品就不买杂志了。

我想象着佐佐木先生吐着烟圈的邪恶表情，吓得冷汗直流。

"嗯？雀宫，你很热吗？要不要脱掉西装外套啊？"

事实上佐佐木先生没有在抽烟，但我还是一样紧张。

"好、好的。失礼了。"

我用拔尖的声音说着，脱下外套放在椅子上。

心脏一直扑通扑通地疯狂搏动。

"关于你登在网站上的小说……"

来了！

通知来了！

"那篇故事非常特别呢。"

"这、这样啊……"

"就算是如今的新人奖，也没人写得出那么异想天开的故事了。"

佐佐木先生"哈哈哈"地低声笑着说。

我有一种如坐针毡的感觉。好想吐。

"从某种角度来看，读者意见实在太精彩了。票数能够掉到那么低，感觉反而更痛快呢。"

唔唔唔……看他一脸和善，没想到这么奸险。

"听说你坚持要求刊登那篇小说是吧？"

我的心脏又猛然一跳。

"天野说你胸有成竹地告诉她'什么都别说，把这份稿子拿去用吧'，是吗？"

我连耳根都热起来了。

"大家都很反对刊登这篇作品呢。"

呜……

"但是天野一直很坚持，说为了你好应该刊登这一篇。"

远子小姐这样说？

我稍微伸出像乌龟一样缩起的脖子，抬起头来。

眼前飘起的不是烟圈，而是伴随着苦涩芳香的咖啡热气，佐佐木先生在热气的后方露出亲切的眼神微笑着。

"天野早就猜到读者的反应一定很差，她还说你个性细腻，一定会受到很大的打击。"

细、细腻？

我只听过别人冷冷地说我厚脸皮、自信过度，说我细腻的倒是第一次听到。

"可是她认为雀宫快斗绝对不会被这种小事击垮，因为你的才能是货真价实的，这次的失败会是一个很好的经验，今后你一定会逐渐成长，她很信任你。"

我相信快斗。

那开朗的笑容充满了我的脑海。

仿佛远子小姐就在现场似的，我几乎能听见她清澈的声音。

我也听见了初恋对象以前对我说过的话。

快斗真棒！好聪明喔！

父母对我两个优秀的哥哥充满期望，对我则是不屑一顾。

我也听妈妈抱怨过，她一直希望第三个孩子是女儿，有两个儿子已经很够了。

没有任何人会夸奖我。

只有一个人除外，那就是图书馆的大姐姐。

今天又来看艰涩的书啊？快斗真聪明。

轻柔摇曳的马尾。奶油色的围裙。甜美的声音。

哇！快斗在学校作文比赛拿到金牌啊？好棒喔！

我不高兴地说："才不棒咧，只是六十人之中的第一名，而且大家都不是认真写的，爸爸妈妈也没有夸奖我。"

她却摸摸我的头。

没这回事，快斗真的很棒喔！你长大以后说不定能成为作家呢。

"快斗。"

"哇！"

远子小姐突然出现在我面前，我吓得差点摔下椅子。

"啊，原来你醒着。我还以为你睁着眼睛睡着了。"

"你怎么会在这里？早川呢？"

远子小姐对着惊慌的我笑了笑，她的黑发披散在肩膀上，看得我不由得心跳加速。

"绯砂和马场先生还在谈事情，我交代完交接的事就先走了。回到编辑部以后，听说你和佐佐木先生在咖啡厅，所以我就过来了。"

"那我先回去吧。雀宫，我对你也抱着很高的期望喔。"佐佐木先生站了起来。

"谢、谢谢您！"我急忙站起，向他鞠躬。

我好一阵子都没有把头抬起来，因为我实在不好意思见远子小姐……

"……"

"快斗？"

"……"

"你又睡着了吗？"

"……"

糟糕，我错失了抬头的时机。

我正在思索干脆真的装睡好了，右边的脸颊突然被人一戳。

又轻又痒的感觉令我吃惊地抬头。

"早安啊，快斗。"

远子小姐欢畅地笑了。

我全身无力地坐倒在椅子上。

远子小姐也在我对面的椅子坐下，然后又是一笑。

"唔唔……"

我无法转移视线，沉吟良久，好不容易才开口说："那、那个……网站上的小说……谢谢你这么信任我……帮我换成那篇……"

远子小姐的眼中闪现柔和的光辉："嗯，我相信你。我也很高兴看到你考虑读者观感来创作的用心，我很欣赏这一点。可是，作家不能光是听读者的意见，还是必须保持自己的想法和骄傲才行。这个平衡点很不好拿捏，不过我会尽量帮忙的。所以，希望你今后能更信任我。"接着她开心地说，"你一定可以写出广大读者喜爱的小说。"

快斗真的很棒喔！你长大以后说不定能成为作家呢。

甜美的声音从记忆深处再次苏醒。

啊啊，为什么远子小姐总是让我想起那个人呢？为什么她总是能这么轻柔地碰触我的内心深处呢？

有人如此相信我，我就能发挥出更多实力。

光靠一句话，一个眼神，就能让我突破自己的极限。

心中有某种新东西开始萌芽。

"那、那今后也要请你多多指教。"

我红着脸伸出右手。

她白嫩的手从桌子的另一边伸过来，紧紧地握住我的手。真希望时间能永远停留在这一刻。

我觉得此时好像所有愿望都能实现。

在我面前微笑的她，好像什么事都能够接受。

"远、远子小姐，我……"

声音卡在喉咙里。

远子小姐微笑着等我说下去。

"怎么啦，快斗？"

远子小姐和我相握的手似乎多了一些力道。

"那、那个……远子小姐有男朋友吗？"

"咦！"

远子小姐顿时把手放开。

她白皙的小脸红得像是着了火，视线惊慌地飘动，吸了·口气又吐出来，眼神再次开始游移。

什么啊！这反应是怎么回事啊！

远子小姐害羞地低着头，开始玩自己的项链。那是挂在链子上的玫瑰形状戒指，造型很可爱。她一边扭扭捏捏地以指尖拨弄项链，一边微微张开粉红色的嘴唇。

我身体前倾，双手紧紧握拳，竖耳倾听。

那细如蚊鸣的声音撼动了我的耳膜。

"是、是有啦。"

"！"

我突然头晕目眩，摔下椅子。

远子小姐惊叫着"快斗！"的声音听起来好遥远。

啊啊，干脆直接昏过去好了。一切都留到明天再想吧。明天太阳还是会升起的……大概吧。

青涩作家和大惊小怪的同学

那天，她换了个鬌发造型。

她不像平时那样绑两根马尾，而是把一头卷曲的茶色头发披散在背后。

因为好不容易才做好造型，用橡皮筋绑起来会破坏发型。她笑容可掬地说。

奶油色的围裙底下穿的是轻盈的洋装，赤裸的脚下踩着优雅的凉鞋。

今天的她看起来比平时成熟、美丽——而且好开朗、好幸福。

"我的好朋友快要结婚了，我要自己下厨举办派对。"

我问她派对是不是就在今天，她却害羞地摇头说：

"不是。我是主办人，所以今天要和另一位主办人边吃饭边讨论。"

小学六年级的我已经能够看出，另一位主办人一定是她心目中很重要的人。

我感觉心里酸溜溜的。

"……那个主办人是男的吧?"

我故作无趣地问了以后，她脸颊泛红，露出我从未看过的幸福甜美笑容。

"嘿嘿，那是我最喜欢的人喔。"

◇　　◇　　◇

　　远子小姐有个正在交往的男友。

　　得知这个事实后已经过了一个半月，季节转换到了春天。

　　这段时间我绝非茫然度过。

　　再怎么说，我还是拥有远子小姐负责的作家的优势。

　　我可以拿工作这个名目尽情地寄信或打电话给她，也可以用讨论为由把她找来家里。

　　编辑的工作很繁重，尤其远子小姐又是个认真的编辑，常常得在编辑部待到几乎赶不上末班车的时间。她也曾彻夜留在编辑部校对稿子，早上才搭第一班车回家，而且同一天中午还得和作家开会。

　　想必她一定抽不出太多时间和男友约会。

　　我能趁虚而入的机会多的是啊！

　　远子小姐的男友应该是二三十岁的普通上班族，年收入不可能超过一亿。而我去年的收入是一亿九千九百八十三万圆，只差十七万就达到两亿了，想也知道我一定比她男友更年轻帅气，也更有经济能力。

　　如果我对远子小姐示好，她一定会移情别恋，抛弃男友而选择我。

　　我如此劝过自己无数次，计划对远子小姐发动攻势，可是只要在她面前，我就会紧张得脸颊僵硬，口才变差，一句追求的话都说不出来。

　　"快斗，你最近经常眼睛发红耶，是不是没睡足啊？如果熬夜写稿，隔天脑袋就会变得迟钝，反而会降低效率喔。"远子小姐担心地对我说，"下次我买蓝莓水果塔给你吧。蓝莓有保护眼睛的效果喔。"

"别以为用食物就可以打发我。"

我还忍不住口出恶言，真是太没风度了。

再这样下去，远子小姐一定会觉得我是个任性、难应付的作家，对我敬而远之。

一定要想个办法提升远子小姐对我的好感。

我坐在工作桌前抱头苦思，女人会在什么情况之下被男人吸引？

会是因为男人为她做了某件特别的事吗？

还是看见那个男人帅气的一面？

"唔唔……我本来就够帅了，要表现得更帅也不容易。"

对了，远子小姐和我约好一点整要来我家面谈，但是现在已经超过二十分钟了。

远子小姐难得迟到呢。会不会是发生了什么事……要不要打她的手机看看呢？

我正感到焦躁不安，立刻听见玄关传来开锁的声音，接着门打开，远子小姐冲了进来。

"对不起！我迟到了！"

"！"

我一看就傻了眼。

因为气喘吁吁地冲进来的远子小姐顶了一头诡异的发型。

远子小姐有一头笔直乌黑的头发，有时披散在背后，有时则是绑成一束，再不然就是用发夹盘起来，或是只把发梢弄卷。

远子小姐的习惯是天气热的时候就盘起头发，冷的时候就放下，忙碌的时候则是绑成一束，刻意打扮时才会弄卷，但我也不是很确定就是了。

然而远子小姐今天的发型却是我从未见过的怪模样。

她绑了辫子！
而且只有右边！
还绑得参差不齐、乱七八糟的！

"远……远子小姐，你的头发是不是忘了绑另一边啊？"我小心翼翼地问道。

"咦？"远子小姐愣了一下，然后惊讶地摸头发。她抓了抓那条乱糟糟的辫子，当场脸色发青，冲到附有玻璃门的柜子前。在玻璃的反射中看到自己的模样之后……

"呀啊啊啊啊啊啊啊！这是什么啊！"

她发出了惨叫。

"真过分……太过分了！我都说了一点有约，竟然故意不叫醒我！呜……还趁我睡着的时候这样恶作剧……讨厌啦！真不敢相信！"

远子小姐一边喃喃抱怨，一边含着泪解开辫子，然后发现只有右边的头发变得鬈鬈的，她又哭丧着脸把解开的辫子编得整整齐齐，也把另一边编起来，一并盘到脑后。

在绑头发时，她的嘴里一直唠唠叨叨地抱怨着。

我在一旁听得心惊胆跳，额头冒出冷汗。

把远子小姐的头发编成辫子的……是她的男友吗？

她来找我之前，是和男友在一起？

昨晚她在男友家过夜吗？还是男友去她家住，做了如此这般的事，然后趁着远子小姐累得呼呼大睡时偷偷帮她编辫子？

远子小姐发现我目不转睛地盯着她，似乎猜到我在想什么，急忙红着脸说："不、不是啦！我只是趴在桌上睡一下而已啦！我昨晚工作到很晚，所以一不注意就……"

看她拼命解释的模样，我更怀疑她昨晚真的和男友一起过夜，难过到胃都开始绞痛了。

"……这可是工作，竟然迟到三十分。"

我不客气地说着，坐上工作椅，连人带椅转向一旁。

呜呜呜呜……不管怎么说，她来找我之前就是和男友在一起嘛！

工作忙到连睡觉的时间都没有，竟然还去找男朋友。

我原本还以为他们腾不出时间约会，在很少见面的情况下一定会渐渐疏远，难道他们现在正打得火热？

要是我再继续呆坐，好像会忍不住发出怪叫站起来捶打墙壁，所以我死命瞪着电脑荧幕，发疯似的输入文字。

"呜喔喔喔喔喔喔！我突然觉得下笔如神啊！"

我一边大喊，一边疾速地打字。

速度快得几乎看不到手指了。

"太厉害了！快斗！"

远子小姐惊讶地叫道。

速度还在逐渐提高。

我整个脑海里都是远子小姐含泪松开毛躁辫子的模样。

她的男友是怎样的人？是同行吗？还是大学同学之类的？长得怎样？身高多高？年收入多少？家里有哪些人？

反正绝对是水平比我低的男人！

为什么远子小姐会和那种人交往啊！

我心想，干脆现在就对远子小姐说"甩了男朋友和我在一起吧"……

这时电话响了起来。

"快斗，电话在响呢。"

"我现在哪有空啊！管他是来推销墓地还是卖房子还是洗棉被的，都跟他说不需要啦！"

我一边在荧幕上输入文字一边大吼，远子小姐无奈地说着"哎呀，快斗真是的……"，接起话筒。

"您好，这是雀宫家……咦？"

远子在闷闷不乐的我的背后和打电话来的人热切地说话。

"是，是……咦咦咦！这、这不太好吧！好的，我明白了。我会负责的。"

她严肃地说完，放下话筒。然后对着我高声叫道："不好了啦，快斗！你再不去上学就要留级了！"

对耶，我从四月开始就是高二生了。

大概从去年秋天开始，我一直在家专心写稿，完全没再去过学校，所以忘得一干二净。

电话是我的导师打来的，说我如果再继续缺席，很可能会因为出席日数不足而留级。

"明天开始要乖乖上学喔，快斗。"

远子小姐担心地提醒。

上学实在太麻烦了。想到要早上七点起床出门，去搭爆满的电车，我就怕得心底发毛。再说我身为年收入两亿圆的明星作家，何必去学高中程度的数学、英文呢？

远子小姐看我不情愿的模样，一针见血地说出："你不会想被人叫做留级高中生作家吧？"

呃……这样的确很丢脸。

她对表情僵硬的我轻松地笑了笑："再说，在学校和同龄的人一起经历相同体验，从中得到的感受，一定可以成为你的创作粮食喔。"

虽然远子小姐那样说，但我上了拥挤的电车后，还是很后悔自己答应去上学。

妈的！我这个当红作家干吗一大早跑来挤这沙丁鱼罐头啊？

以后我每天早上都要重复这种苦修吗？

走下月台时，我梳理得漂漂亮亮的发型都毁了，西装式制服也皱了。

呼……呼……接下来还得再走十五分钟吗？

上次去学校是二月，所以是两个月前的事了。当时是因为有期末考，我才无可奈何地去学校。

我心不甘情不愿地走在充满穿着同校制服学生的道路上。

只看得到男学生是因为我读的开明学园是一所男校。本校向来自夸是校风自由、文武兼修的升学学校，既然拿自由来当卖点，何不放任学生在家里学习呢？

我怀着满腹怨言来到教室。

呃……我读的应该是二年B班吧？

我"喀啦"一声拉开了门。

突然间，教室里弥漫着一片异常的气氛。

奇怪？难道不是B班，而是C班吗？

我一时之间有点慌张，应该是B班没错啊，学校寄来的通知书确实是这样写的。

所以这是怎么回事啊？

为什么大家都用看着珍禽异兽的眼神望着我？

啊，对了，一定是我身兼模特儿和作家的名人风范震慑住大家了。

铁定是我浑身散发的气势把大家吓得一脸呆滞。

真是拿这些人没办法。如果要签名的话，一天签两个还没问题啦。

不过仔细一看，我这VIP的座位上却坐着一个凡俗的学生。

竟然把屁股放在我的椅子上，真是个无礼之徒。

"那是我的位置。"我高傲地瞪着那人。

他畏畏缩缩地说："啊，这个……"

此时后方有个冷冷的声音传来："雀宫，你的位置在那边。你是不是记成一年级时的座位啦？"

我回头一看，说话的是个戴眼镜，看起来很正经的男生。

这家伙是谁啊？我皱着眉头思考。

"我是班长寒河江。你从二年级开始一次都没来过学校，应该不认识我吧。"

他话中带刺地说。然后眼镜底下的那双眼睛发出阴险的光芒。

"校规规定不能戴耳环、项链和戒指，请立刻拿下来。你的头发颜色是不是太浅了？制服的正确穿法是要扣上衬衫的全部纽扣，长裤也要拉到腰部。学生手册都写得很清楚。都已经读到二年级了还要别人指正，这是很可耻的事。你有空再仔细读一遍学生手册吧。"

这、这臭屁的家伙是什么玩意儿嘛！

我正想说"你以为你在和谁说话"的时候……

"喂——雀宫老师！你的位置在这里啦！"有人用随便的语气叫着我。

我转头望去，有个明显染过头发的男生在教室正中一排最后面的位置上对我频频挥手。

"这里啦，在我的旁边。"

他把椅子往后拉，像躺着似的靠在桌子上，跷着二郎腿，没打领带，衬衫开了两颗纽扣，裤子也穿得垮垮的。

身高大概和我差不多吧？

真是个轻浮的家伙。

"他不是也违反校规了吗？"

寒河江听我这么一说，不悦地皱起了脸。

"你就把他当成负面教材吧。"他喃喃说道。

"老师！"

那个轻浮的男生又高声叫着，好像完全不在意大家都在看他。

我走到那个位置坐下，他笑嘻嘻地看着我。

"班长只要开始训话就是又臭又长，你应该感谢我的帮忙喔。啊，我叫仁木，既然有缘坐在一起，以后有不知道的事都可以问我，我会很体贴地教你的。不过我还真没想到隔壁的位置这么快就有人坐了，我还跟人打赌雀宫老师在第一学期结束之前会来学校几次呢。唉，真是输惨了。"他用轻薄的语气说着。

这、这家伙竟然拿大爷我来打赌！真叫人不爽。

"对了，老师，你为什么一直不上学啊？大家都在猜你到底得了不治之症，还是你像业平凉人一样是个情报员，要到各校潜伏，也有人说你是个闭门不出的阿宅，还有其他各种猜测。"

我、说、过，不要随便拿别人来赌博啦！

什么闭门不出的阿宅啦！

我真想把铅笔盒塞进这家伙的嘴里。

此时有个开朗的声音说："早安！"

"喔，阿宝。"

"大家是怎么了？总觉得气氛怪怪的。咦？干吗？你干吗眨眼啊？哇！是雀宫同学！"

我听到一阵"哒哒哒"的脚步声，然后有个瘦小的矮子朝我扑来。

"哇！"

"太好了！雀宫同学！你不是为了动心脏手术而去了瑞士吗？"

这家伙押的是不治之症吗？

"好啦，放开我啦！你是谁啊？"我尽力推开那个像小狗一般死黏上来的家伙。

矮子笑着说："我叫鸣见宝，是你的伙伴喔。"

"什么？"

这家伙是在说什么？伙伴？我一脸质疑地看着他。

他笑眯眯地回答："我们下周就要和武山高中举行联合球赛了！你和我要参加乒乓球双打。"

什么！

乒乓球？就是温泉旅馆里都有的乒乓球吗？

这个比我矮三十厘米左右的矮子要和我在球赛双、双打？

我还在错愕时，鸣见用双手紧紧握住我的手，欣喜若狂地说："你肯来上学真是太好了！距离球赛只剩两周，我们一起加油吧！双打一定要很有默契，所以从今天开始，我们每天放学都来练习吧！"

然后他转身面对教室前方，展开双手，兴高采烈地大叫："各位同学！雀宫同学来了唷！我和要雀宫同学合力打败武山的双人组！"

"喔喔，太好了呢，宝。"

仁木率先鼓掌，其他人也跟着鼓掌，还纷纷高喊"加油喔""必胜"。

班长寒河江却苦着一张脸耸肩。

为什么我这明星作家要参加球赛啊？

而且还是乒乓球这么俗气的项目。

放学后。

我穿着学校指定的运动服，跪在体育馆的地上喘气。

"我们先跑步暖身吧。"

鸣见开朗地说，然后我们就跑了"多达"五圈。

"咦！这样就累了？我们只跑了五圈耶！雀宫同学，你的身体真的不太好吗？"鸣见一脸担心地问我。

"只、只是因为昨晚熬夜写稿啦……我跟你们这些悠闲的学生不一样，我可是很忙的。"我这样回答。

或许因为气喘如牛而少了一点威严就是了。

"这样啊……好辛苦喔。不过你还愿意来陪我练习，我好感动喔。那么接下来是柔软体操。"

他装得很客气的模样，开始压我的背。

"呜喔喔喔喔！别、别再压了！骨头要断了啦！"

"没事的，骨头没有这么容易断啦。雀宫同学，你的骨头好硬喔，我建议你多喝苹果醋。"

"多管闲事！哇！呀！别再压了！不要拉啦！"

柔软体操做完，我已经气喘如牛，全身酸痛。好像做了整整一年的运动。

"可以拿球拍了。雀宫同学，你有打乒乓球的经验吗？"

"在温泉旅馆打过一两次。"

"这样啊……握拍的方式分成横拍和直拍，我们先试横拍吧。球拍要这样握。"

鸣见拉着我的右手，让我的食指靠在拍面，其余四指握住拍柄。

"要从上面轻轻握住，不要让球拍摇晃。对，就是这样。如果握得太用力，就没办法灵活地转动手腕，要注意喔。"

"总之就是把球打回去嘛。"

"嗯，的确是这样啦，不过基础是很重要的，用正确的姿势打球比较不会造成身体负担，也可以防止受伤喔。"鸣见爽朗地说。

"那我从这里把球打过去，你再打回来给我。还有，叫雀宫同学太啰嗦了，我就叫你快斗吧，你也可以叫我阿宝。我要发球啰！快斗！"

混账！不要擅自叫得这么亲热！我又没有答应！我正要开口的时候，橘色的球已经飞来了。

我握着球拍挥去。

可是……

嗖！

只听见挥空拍的声音，乒乓球在我背后"空"的一声落地。

"刚、刚才太突然了，我还没做好心理准备啦！"我急着解释。

鸣见笑着说："嗯，别在意。再来一次吧。"

球拍发出清脆的声响，橘球飞了过来。

这是看起来很好打的慢速球。乒乓球沿着圆滑的曲线跳过球桌。

好！看我的！

我猛力挥拍。

嗖！

什么！竟然又挥拍落空了？

"刚、刚才也是在练习挥拍啦！"

"没关系，我要接着发球啰！"鸣见开朗地说。

唔唔唔……下次一定要赌上我这高中生明星作家的名声，把球打回鸣见的台区。

只要我拿出实力，乒乓球这种简单的玩意儿……

嗖！

又挥空了！

而且下一次也是，再下一次还是一样，噩梦接连不断地延续下去。

球明明都落在很好打的地方，为什么每次都从球拍边溜走呢？

好不容易终于打到一次，乒乓球却从鸣见的头上高高飞过。

为什么啊！为什么我会打得这么烂！

难道鸣见这家伙在球上做了什么手脚吗？否则我怎么可能打不到那种慢吞吞的球呢？

这时我察觉到某人的视线。

在体育馆的墙边，有个一脸阴沉的眼镜男。

是班长寒河江！

他来这里干什么？该不会又想找我麻烦吧？我已经把耳环项链和戒指拔掉了，难道他这次要叫我理光头吗？

在寒河江面前挥拍落空，真是屈辱得让我脑袋冒烟。

不过球还是一样弹落到我身后，我急得面红耳赤，咬牙切齿。

寒河江皱眉注视着我。

妈的，这家伙是故意的吧？

他是专程来这里羞辱我的吧？这个阴险恶毒的眼镜男！

"快斗，看球啊！"

鸣见的声音传来。

混账！去他的！

至少也要灌注全身力量杀球一次啊!

但是我满身大汗地追着球跑了三十分钟,一次都没有把球打回鸣见的台区。

我气喘吁吁,心脏跳得快要破裂,连话都说不出来了。

喘得像濒死病人的我回头一看,寒河江已经不在了。

唔唔唔……那家伙到底是来干吗的? 一定是来看我出糗的模样吧?

妈的!

"快斗,你今天很努力呢。"鸣见走过来说。

在我顾着垂头丧气的时候,鸣见已经独自把球桌和乒乓球收好了。他不管是练习中或是现在,都没像我这么喘过。

也对啦,因为他一直在发球,几乎没有离开过球桌嘛……

"你一直在家里疗养,现在突然开始运动,也难怪状况不好。可是……"

鸣见说些客套话以后,有点担心地问道:"快斗,你该不会是……那个……运动神经本来就很差吧?"

小学参加运动会时,我的名次几乎都是垫底。

每次玩躲避球,我都会第一个被打到脸。

也曾因为不会握单杠,被留到太阳下山以后。

在初中体育课踢足球时,我想踢球却滑了一跤摔到脑袋,被救护车送去医院。

"唷！白痴！"
"白痴小短腿！"
"咦咦咦！要跟小矮子同一队？这家伙根本不会挥棒嘛，老是失误。"
"听好了，矮子，球过来的时候要往前倾，让球打中身体。像你这种水平，也只能靠触身球才有办法上垒。"
"蠢货！人家还没投球，你就全身发抖地前倾，瞎子都能看出你想靠触身球了啦！果然是个派不上用场的白痴！"
"啊啊啊！都是白痴害我们班输掉了啦！"

我拖着疲惫的身体从学校回家，当晚躺在床上，羞愤的记忆不断地跳出来。
对了，我都忘记了。
我这被诅咒的身体根本没办法参加什么球赛。
我……我是……
"我是天生的运动白痴啊！"

隔天早上，我强撑着酸痛的身体去上学。
我本来再也不想上学，再也不想管什么联合球赛了，可是一醒来就在电脑上看见远子小姐寄来的信。

学校怎么样啊?
一定要乖乖上学, 不能逃课喔。
周五我会带好吃的东西过去,
到时再和你聊聊学校的事。

这种像姐姐似的语气让我看得好害羞, 同时我也想到, 只要有一天逃课不去学校就会惹远子小姐不高兴, 所以还是乖乖地起床洗脸换制服。

"混账, 只不过是个球赛嘛! 干吗对这种无聊的事情这么认真!"我在校舍入口的鞋柜前低声抱怨。

"嗨! 老师!"后面有人拍了我的肩膀。

酸痛的肌肉发出哀鸣, 我不禁"哇"地大叫, 跳了起来。

"你的反应也太大了, 真有趣。"仁木嘲弄似的笑着。

"听说你和阿宝昨天放学以后为了球赛进行特训啊? 乒乓球怎样啊? 有希望夺冠吗?"

"……哼, 都已经是高中生了, 谁会在意那种玩球比赛啊? 当然要早点输球, 然后就可以去睡午觉了。"我别开脸, 不高兴地说。

"反正大家都一样嘛, 因为是学校的例行活动才不得不参加。"

"不对, 不是这样喔。"仁木一脸轻松地说, "开明和武山的球赛是周六和周日在两校一起公开举行的, 这不只关系到学校的面子, 还会有其他学校的女生来加油, 所以大家都很拼命喔。"

"那又怎样?"

"哎呀，因为两边都是男校，生活太苦闷了嘛。如果可以听到女生可爱地叫着'呀！加油喔！'不是很爽吗？说不定会有女生组成啦啦队。能看那种场面，当然会觉得死都不能输，还会互相大吼'你也要给我赢球！''要是输掉就宰了你！''听好了！绝对不能输！'"

"蠢毙了。"

我换上室内鞋走掉。

仁木追上来，走在我身旁。

"对了，老师，去年也有球赛，你怎么都不来参加啊？"

"我忙着搬家和写稿，所以一直请假，根本不知道有什么球赛。"

我冷淡地回答。没错，四、五、六月连续三个月都要出书，同时还有杂志连载，差点没累死我。

"是说我为什么会被分派到乒乓球啊？不是还有篮球、足球、篮球、足球，或是篮球和足球吗？"

"……老师很想参加篮球或足球吗？"

"……"

如果参加篮球或足球比赛，就可以尽量待在球不会传过来的位置，随便跑来跑去，喊些"喔喔！""好啊！"之类的话，就可以掩饰我是运动白痴的事实了。

如果是棒球，迟早会轮到打击位置，而排球也得接住飞往自己的球才行。

像网球和乒乓球这种个人比赛是最糟糕的。

"老师长得这么高，的确像是很会打篮球的样子。不过分配的时候老师不在场，篮球和足球都是最能吸引女生的项目，竞争者当然很多。运气好一点的话，说不定能和前来加油的外校女生交往呢。乒乓球比较不受女生欢迎，所以一直没人参选，大家就很自然地想到'分派给雀宫老师就好啦'。"

哇啊啊啊啊！早知道的话我那天就来上学了。

这样就有希望在足球赛混过去了啊！

"老师，你的表情干吗一直变来变去的啊？"

"这、这是脸部运动啦。"

"喔……作家果然与众不同。不过我劝你，最好不要在大家面前说要弃权或是随便打打之类的话喔，理由我刚刚也解释过了，大家现在一心想的都是打倒武山，如果比赛没有拿出全力，一定会被大家看出来。"

"看出来又怎样？"我有点吃惊。

仁木一脸认真地说："这个嘛……比赛结束之后大概会被脱光衣服倒吊吧。"

"！"

小学时被同学脱下裤子和内裤的记忆突然苏醒，我不禁吓得全身发抖。

一走进教室，鸣见就开心地朝我跑来。

"早啊！快斗！啊，阿仁也早安啊。快斗！你看这个！是乒乓球教学喔！写得很简单易懂，你拿去看吧。"他拿给我一本小孩看的薄薄书本，然后开朗地说，"今天放学后也要练习喔！"

"喔喔，阿宝，你真有干劲。"

我的表情都僵住了，仁木这家伙还在一边嬉皮笑脸的。

此时我又看见班长寒河江在教室的另一端，用冰冷锐利的眼神盯着我。

"……"

这天放学后，鸣见又拉着我教导握拍之类的基本动作。

我厌烦地问他："……你这么了解乒乓球，难道是乒乓球社的？"

他笑着回答："嗯，我在一年级第三学期转学过来之前参加过乒乓球社，虽然现在没继续参加，但我还是很喜欢乒乓球。"

那他为什么不参加我们学校的乒乓球社？

算了，管他那么多。我更想说的是，不要因为自己喜欢乒乓球就每天放学都拉着我练习啊！

"我要发球啰，快斗！"

鸣见高声叫道，橘色的乒乓球缓慢地划出一道弧线。

"喂！你光顾着教我，自己不就没时间练习吗？"

"我还是会找时间练习啦，没问题的。好了，我要接着发球啰。"

唔唔……我要小心别说出"不想练习"这种消极发言。

后来的情况还是一样，乒乓球一次次飞来，我一次次地挥空，球用完以后，两人一起去捡，然后再重复同样的动作。

鸣见今天还是一直在发球，几乎没有离开过球桌。

最后我好不容易用球拍擦到球……

"你进步好多耶！快斗！"

鸣见兴奋不已，但我挥拍挥得太用力，手腕都快抽筋了。

"要维持这种表现喔，明天再继续加油吧！"

唉……明天还要继续练啊？

鸣见邀我放学后一起走，但我敷衍地说我还要去图书馆，叫他自己先走。当然，我不是真的要去图书馆。在体育馆更衣室换过衣服后，我坐在铁管椅上，精疲力竭地垂着头。如果我等到球赛结束后再来上学就好了……

我深深地感到懊悔，摇摇晃晃地站起。这种事情真的会成为创作粮食吗……

我怀着郁闷的心情来到鞋柜旁，正要换鞋子的时候……

"嗯?"

奇怪，鞋子拿不起来?

鞋底似乎黏住了，怎么拉都拉不动。

鞋子旁边有张折叠起来的纸。

"这是什么啊?"

我拿出纸来一看。

笨手笨脚的运动白痴别去参加比赛。

纸上以粗黑的马克笔写了这行字。

我的脑袋顿时一片空白。

双手不住颤抖。

惨了。

难道这就是……霸、霸凌?

隔天早上，我的鞋柜里出现了一坨大便形状的美乃滋，前面还放着一张小纸片。

纸上写着：

↑你打乒乓球的水平

接着我走进教室，拿出书包里的课本放进抽屉……

"嗯？"

手指摸到黏糊的东西。

"咦咦？呃……唔唔……"

"老师？你怎么啦？"

"没、没事啦！"

手指黏在抽屉里了！

和昨天鞋柜的情形一样，抽屉里被人涂了强力胶。

"唔唔……唔唔……"

我试图把手指从抽屉里拔出来，但是很不容易。

好不容易抽出手指，我一看，右手的食指和左手中指的皮都破了，而且放在最下面的英文课本也牢牢地黏在抽屉里，拿不起来了。

还不只是这样！

到了体育课，我准备换上运动服，打开柜子却被淋了一身的水。

柜子里还有一张纸，上面写着：

给差劲的同学：
要是你敢参加球赛，就等着被浸猪笼吧。

我一看之下，顿时感觉胃痛得像是被C形钳夹住，几乎无法呼吸。

这真的是霸凌吧?

我关上柜子,回到教室,看见换好体育服的鸣见和寒河江正在角落说话。

鸣见笑眯眯的,寒河江则是板着脸孔。

"对了,说到快斗……"

听见自己的名字,我的心头突然发凉。

我悄悄地靠近他们,接着听到鸣见的笑声。

"哈哈,快斗的运动神经好像真的很差耶,说不定还比不上在温泉旅馆玩乒乓球的小学生。"

这句话狠狠地插在我的心上。

这两个人一起在嘲笑我?

寒河江冷冷地往我这里一瞥,然后闭口不语。

鸣见也发现我来了,然后露出"糟糕"的表情。

"哎呀,快斗,你还没换衣服吗?等一下就要上体育课了呢。"

他像是想挽救局面似的笑着对我说。

脸上笑得这么亲切,心里却在嘲笑我的运动神经比小学生还差?

插在胸口的箭镞仿佛割着我的五脏六腑……我双脚颤抖,脑袋热得像是火在烧,全身一阵寒一阵热……

"……我还有工作,今天要早退。"

"咦?等一下啦,快斗!"

我走到自己的座位,将课本收进书包。

最下面的英文课本还黏在抽屉里。我丢着英文课本不管,咬着嘴唇,以快到几乎跌倒的步伐走出教室。

"等一下，雀宫，丸山老师答应让你早退吗？"

寒河江追到走廊上，抓着我的肩膀严厉地问道。

"你去讲啊。"

我挥开他的手，拔腿就跑。

途中和仁木擦身而过。

"喂，老师，怎么啦？你要去哪里？"

他一脸惊讶，但我没有搭理，继续往前跑。

在鞋柜旁边换鞋时，我发现鞋子又被黏住了。

昨天的鞋子和我今天穿来的鞋子塞满了整个鞋柜。

中间的缝隙塞了一个小纸团，我打开一看……

给挥空拍的同学：

小学生都比你强。

上面用马克笔写了这行字。

我的脑袋、脖子、耳朵都热了起来，胸口刺痛难耐，我揉掉那张纸，穿着室内鞋跑出去。

混账！

混账啊啊啊！

我就是只会挥空拍！就是比小学生弱！那又怎样！我可是年收入两亿圆的明星作家啊——

在中午去学校的道路上，我穿着制服和室内鞋马不停蹄地狂奔。

小学的时候，我也曾经像这样一边哭一边吸鼻水，跑过无人的通学道路。

啊啊……难道我这些年来完全没有改变吗?

那时的我又小又弱,衣服常常无故失踪,课本被人涂鸦,不然就是挨揍,我既没有力量反击,也没有能支援我的朋友,远足时总是自己一个人吃便当。

镇上的小图书馆是我唯一的避难所。

我在初中时代过了一半的时候开始长高,又在三年级时荣获新人奖,成了畅销作家,同时身兼模特儿,从此我就将悲惨的过去埋葬了。

这世上已经没有高中生明星作家雀宫快斗需要害怕的东西了。

"结果我在学校还是被大家叫做运动白痴啊啊啊啊!"

我边跑边喊。

过去的生活依然紧跟着我。欺负我的孩子们依然笑着。

"反正,反正,反正我就是没长进啊啊啊啊!"

流到脸颊的泪水在正午的阳光中闪闪发亮。

"……该活着还是死去,这是个问题。"

远子小姐捧着装满中华料理的豪华三层便当来到我住的大楼,一看见我抱着黑猫坐在房间角落,立刻吓得惊声尖叫。

"快、快斗! ……还好,我看气氛这么阴森,还以为见鬼了呢。你为什么扮哈姆雷特啊?"

我淡淡地回答:"啊啊,但愿这个太坚实的肉体溶解消散,化为露水，或是上帝不曾制定教规禁止自杀。"

"快斗，振作一点啊！"

远子小姐跑过来抓着我的肩膀猛摇，黑猫不耐地缩起身子。

"脆弱啊，你的名字是女人。"

"快斗！"

"母后为我父王送葬时穿的鞋子都还没变旧，她就要嫁给我的叔父了。"

我挂着空虚的微笑垂着头。黑猫咪呜地叫着，要我放开它。

对了，远子小姐有男朋友了。

就像我初恋的那个图书馆大姐姐说出"我要去见喜欢的人了"，披着一头鬈发、笑得一脸幸福的模样，想必远子小姐在男友面前也会笑得这么开心。

我只是个永远打不到乒乓球的运动白痴，还是个逃学少年，如果不是因为工作，远子小姐才不会理我咧！

对，一定是这样。毕竟连哈姆雷特的母后都爱上了杀死丈夫的卑鄙男人，没多久就再婚了。

也难怪哈姆雷特会对人生绝望，步入歧途。

猫啊，你应该可以理解哈姆雷特的伤痛吧？

黑猫抓抓我的手背，仿佛在回答"谁理你啊"。

有个柔软的东西突然贴上了我的脸颊。

远子小姐双手捧着我的脸，轻轻抬起我的头。

"你在学校发生了什么事吗？快斗？"她温柔地看着我问道。

心脏扑通狂跳。

"你不介意的话，就和我说说看吧。"

快斗，你的眼睛怎么红红的？可以的话就和我说说看吧，或许这样会让心情轻松一点喔。

"呃……"

远子小姐令我想起幼年的自己，以及初恋大姐姐那张温和的笑脸，我忍着想哭的情绪慢慢说出事情经过。

"哎呀，原来是这样啊？所以你才会从学校里跑出来啊……"听完以后，远子小姐十分同情地说。

告诉暗恋的对象自己在学校被人欺负，实在是丢脸到极点，可是看到远子小姐听得这么认真，我的胸中渐渐暖了起来。

"我不去学校了。反正我靠的又不是学历，而是才能。"

我的心情已经恢复到说得出这种强撑颜面的话了。

"等一下，快斗……"远子小姐认真地打断我的话。

她把食指贴在嘴唇上，流露出沉思的眼神。

"这不是霸凌，而是神秘案件。"

"啊？案件？"

我第一次看见远子小姐这么有活力、这么神采飞扬的模样，吓了一大跳。

这、这表情是怎么回事？简直像是看见豪华点心的孩子……

远子小姐的视线突然朝我转来。

然后她眼睛发亮地宣布："没错！这是案件！快斗，我们一起来破这个案件吧！"

◇　　　◇　　　◇

　　隔天。

　　远子小姐和我约在开明学园的大门前。

　　我说了学校周六放假之后……

　　"上午应该还是会有人来参加社团活动吧?"

　　她仍然开朗地这样回答。

　　而且兴致盎然地说要找我的同学打听情况。

　　但我还是觉得,像远子小姐这样成熟美丽的女人出现在男校里面很奇怪,也很引人注目。

　　"久等了,快斗。"

　　"!"

　　我一看到远子小姐的模样,顿时吓得屏息。

　　远子小姐的打扮实在太惊人了。

她和上次一样绑了辫子!

　　但是这次绑的是整整齐齐的两根辫子。

　　她应该年过二十五岁了,竟然还绑辫子?

　　不对,光是这样也还无妨。

　　问题是……

　　"你怎么会穿着制服啊!"

　　绑辫子的远子小姐清纯地笑着说:"这是靠特殊渠道弄来的。听说这套制服在制服爱好者之间很受欢迎。那个……快斗,我这样穿会很奇怪吗?"

因为我看得目瞪口呆、全身僵硬,所以远子小姐有点脸红,担心地问道。

当然奇怪啊!

我本来想这样吐槽,但令人惊讶的是,那套格子百褶裙、胸前绑缎带的上衣、袜子、平底鞋,穿在她身上都很合适,俨然是个真正的女高中生。

体型成熟的女人穿上高中制服,看起来多半会像制服酒店的女服务生,可是远子小姐的纤细体型和平坦至极的胸部,和制服真是再搭调不过了。

不,何止如此,打扮成这样反而让远子小姐更增添几分清纯的魅力,看起来更可爱了!

糟糕,我的脸开始发烫了。

心、心脏跳个不停……

"还、还过得去啦……"

我别开了脸,喃喃说道。

"就是说嘛!我自己看镜子也觉得还不错啊!嘿嘿,我果然是个货真价实的'文学少女'。"远子小姐拉着裙摆转圈,得意地挺胸说着。

听到"文学少女"这几个字,令我想起初恋对象,心脏跳得更激烈了。

喂!脉搏血压再继续升高可是会死人的啊!

"好了,开始调查吧!我们走啰,快斗!"

远子小姐兴致勃勃地走了,长长的辫子像猫尾巴一样不停摇晃。

我急忙跟着跑过去，心脏仍跳得几乎迸裂。

现在我们看起来一定很像纯情的高中情侣吧？

如果远子小姐和我同年，或许真的会穿着这种制服，和我在放学后约会。

说不定我们会读同一间高中，每天一起上下学，午休时间还可以在顶楼吃远子小姐亲手做的便当。

社团应该是文艺社吧？我可能会听着远子小姐大谈文学，一边怀着幸福的心情写些丢人的诗歌。

快斗，你在写什么？让我看看。

啊，天野！不行啦。

有什么关系嘛，快斗真讨厌。如果你让我看的话，我就亲你喔。

绑辫子的远子小姐闭起眼睛凑近嘴唇的影像清楚地浮现在我的脑海，让我几乎喷鼻血。

糟糕，我妄想到刹不住车了。

远子小姐丝毫没有察觉到我的心情，自顾自地走向在操场上练习的足球社。

足球社的人好像也发现了这个笑得像堇花一般清纯，绑着辫子的美少女。

他们频频偷瞄远子小姐，每个人的脸上都露出"她是不是在看我啊？"的表情。

远子小姐走向一个看似社团经理的人，对他嫣然一笑。

那个人立刻脸红了。

"你好，我是校刊社的天野。联合球赛下周就要举行了，能不能让我采访开明学院的学生呢？"

"呃，啊，好的！"

"这是我们的荣幸！"

"你就问到尽兴为止吧！"

足球社的社员全都聚集过来，七嘴八舌地说。

"太好了，大家都好亲切喔。啊，这位是我的表弟快斗，因为我不太敢一个人来男校，所以请他陪我来。"

真亏她有办法说谎说得这么溜。女人真可怕。

"喔喔！我是雀宫的同学！二年B班的松冈拓也！"

"我、我也是！我就坐在雀宫的隔壁的隔壁的斜前方，叫做川内俊平！"

远子小姐对他们露出灿烂的笑容。

"喔！真的吗？请你们多多关照快斗。虽然他有些冷淡、嚣张、任性，但其实是个怕生的乖孩子，你们要当他的好朋友喔。"

"好的！这是当然！"

"我可是'业平'系列的忠实书迷呢！"

拜托别这样。我的脸热到快到喷火了。

可是远子小姐笑得更开心了。

"这样啊。如果拿书来，快斗可以帮你们签名喔。对了，听说快斗要参加乒乓球双打，他的伙伴鸣见同学是怎样的人啊？"

她把话题转到鸣见身上。

"鸣见宝啊，是个好家伙啊。"

"嗯，他个子很小，不过很有活力，总是一副精力充沛的样子，个性也很活泼，像是班上的活宝。"

快斗的运动神经好像真的很差耶，说不定还比不上在温泉旅馆玩乒乓球的小学生。

我想起鸣见笑着和寒河江说的话，胸口一阵痛楚。

混账，什么"好家伙"嘛？

我闷闷不乐地想着，远子小姐又继续问："听说鸣见同学是一年级第三学期才转来的，他之前读哪里啊？"

"呃……是哪个啊？好像是乒乓球很出名的学校吧。鸣见是靠乒乓球拿奖学金的啨，初中时还在全国大赛得到第二名呢。"

什么！那个小不点竟然有这么辉煌的历史？

难怪他对乒乓球这么了解……

"可是鸣见同学现在没有参加乒乓球社吧？"

"好像是因为高一时膝盖出了什么毛病，所以他不能再做太激烈的运动。他也是因为这样不能再拿奖学金，才会转学过来。"

"……原来如此。"远子小姐垂下眉梢。

我也有点感伤。对运动选手来说，受伤无法参加比赛真的很悲惨。

我想象着自己的手或是肩膀出了毛病无法打键盘的情况，也不禁感到心惊。

"可是他现在不是要参加球赛吗？这样没问题吗？"

"他自己说过，如果不是会造成膝盖负担的长时间运动就没关系。分派比赛项目的时候，他也是自己选择乒乓球的，只要别太勉强应该还好吧。"

远子小姐把手指贴在唇上，思考似的垂下目光。

然后她抬头说："快斗会分派到乒乓球，是因为其他项目全都被选走，只剩下乒乓球是吗？"

同学们的脸上不知为何露出了犹豫的表情。

"呃，这个嘛……因为乒乓球比较得不到女生的欢心啦。"

"就是啊……"

他们刚才还死盯着远子小姐，笑得很害羞的样子，现在却心虚地转移视线。

"如果比赛当天快斗请假，鸣见同学就不能出场了吗？"

"应该不会吧……这是特例情形，一定会有人递补。"

说的也对……这是学校例行活动，应该不会只因队友请假就失去比赛资格……

"是啊，我想鸣见同学的好朋友一定会挺身帮忙。鸣见同学在班上最要好的是谁呢？"

"阿宝和谁都处得很好，大家也都很喜欢他，不过最要好的应该是仁木吧。他们从小学就认识了，而且两人住得很近。"

"对啊。还有，他和寒河江也经常聊天。"

"仁木同学和寒河江同学啊……"远子小姐认真地念着，"寒河江同学是班长吧？他是怎样的人呢？"

"就跟他的外表一样，脑袋很好，个性严肃，而且超级正经。我们班的导师很随和，感觉都是寒河江在负责管理的。"

"那仁木同学呢？"

"他和寒河江刚好相反，很轻浮很随便……大概吧。而且他很有女人缘，还经常帮大家介绍其他学校的女生。"

"寒河江同学和仁木同学感情很好吗？"

"寒河江经常教训仁木，不过仁木从来不会听进去。那样称得上感情好吗？"

远子小姐微笑着说："谢谢，这些都能当做参考，我一定能写出好报道的。"

"啊？你不是为了球赛来采访的吗？"

"根本没有提到鸣见以外的事啊……"

足球社的社员都一头雾水。

"你们要加油喔！我会好好期待球赛的！"

远子小姐向大家挥挥手就走了。

后来她又去体育馆，找我篮球社和剑道社的同学们做了同样的"采访"。

"请和快斗好好相处喔。"最后她也都愉快地说出这句话才离开。

我在远子小姐身边听得满脸通红，害羞不已。

而远子小姐走出体育馆，经过中庭，在走廊上漫步，一边把手指贴在嘴唇上思考。

我的同学们回答远子小姐的话全是大同小异，每个都说班上和鸣见比较要好的是仁木和寒河江。

而且他们在回答时，脸上的表情也都有些不自然。

远子小姐突然停下脚步。

"我大概明白了。"

她将手指按在嘴唇上说着。

"啊？"

"我是说向你挑衅的凶手啦。接下来就直接去问本人吧。"

◇　　　◇　　　◇

这周结束后，到了星期一。

早上，我的鞋柜是空的。

星期六我和远子小姐来学校调查过后，她拿着去光水、厨房抹布、锉刀说："我清除强力胶的技术很好喔，因为我有时也会把自己的手指黏住。"

接着开始帮我把鞋子弄出来。我叫她不用做这种事，她仍然回答："没关系，清除强力胶是有诀窍的。"

她一边说着，一边把锉刀插到鞋底下，开开心心地锉着。

拿出鞋子之后，她还继续锉鞋柜的角落，最后擦擦头上的汗水，开朗地笑着说：

"好了，这样你周一就能心情畅快地上学啦。"

现在看到恢复原貌的鞋柜，我又想起远子小姐的笑脸，胸中涌起一股热流。

我把脱下的鞋子放进去，换上从家里带来的室内鞋，走向教室。

一进教室，鸣见就慌张地跑过来说："快斗！周五真是对不起，你听见我和寒河江说的话了吧？那不是在嘲笑你啦……"

我绷着严峻的表情从鸣见身边走过。

"快斗……！"

我将书包挂在桌边，坐在椅子上。

"早啊，老师。你好像心情不太好呢？"隔壁的仁木将手肘靠过来，笑嘻嘻地说。

"没什么。"我冷漠地说着，小心地把手伸进抽屉。周五留下来的英文课本还在里面，不过没有其他异状。我从书包拿出课本，放进抽屉，然后看到鸣见哭丧着脸走过来。

"快斗，拜托你听我说。"

"喂，老师，你干吗不理人啊？"仁木也露出疑惑的表情。

我仍低着头，冷冷地说："你放学后一个人到体育馆后面，我也有话要对你说。"

"喂喂，你约人的语气真像小混混。"

"阿仁你别吵啦。嗯，快斗，我会去的，到时你会听我解释吧？"

"……我会考虑的。"

我们在谈话时，那个阴险的眼镜班长一直在远处用闪烁着寒光的眼神看着这边。

直到放学时间，我都没和班上的任何人说过半句话。

即使仁木担心地问："老师，你想对阿宝做什么啊？该不会是动私刑吧？"

或是班长寒河江一脸严肃地来对我抱怨："关于周五的事，我已经向老师报告过你身体不适先回家了。以后别再这样了，雀宫，你应该要学学怎么融入团体生活。"

或是周六见到的那些人饥渴地吵着说："雀宫同学！你、你的表姐天野叫什么名字啊？"

"天野同学穿的是圣尤利安娜女子学院的制服吗？她几年级啊？比我们大吗？看起来很像姐姐呢，不过她的举止和笑容都超——可爱的，说不定年纪还比我小呢。"

"我对天野同学一见钟情了！雀宫大人，请您帮我介绍吧！"

我都一概无视。

最后那些人都觉得作家果然不好相处、喜欢装模作样，气呼呼地回座位去了。

然后课堂结束，打扫结束，到了放学时间。

"我来了，快斗。"鸣见看到我一脸阴沉地站在体育馆后的樱花树下，很紧张地对我说，"快斗，我对寒河江同学说你运动神经不好，不太会打乒乓球，并不是在说你的坏话啦，我想说的是你虽然技术不好，却很努力，而且我很高兴你放学后都会陪我练习，你到球赛时一定会进步，我很期待。"

我一只手按在粗糙的树干上，低着头说："哼……说得真好听。"

"都是我说话不注意，伤害了你，我已经仔细反省过了。我真心地向你道歉，请你继续当我的伙伴参加比赛，我们再一起打乒乓球吧。"

"……你是认真的吗？鸣见？"

"啊？"鸣见愣住了。

我的头垂得更低。

"其实你根本不希望我参加比赛吧？所以才故意恶整我，不是吗？"

"咦？你是指什么？"鸣见疑惑地说。

我回头大叫："去尼姑庵吧！鸣见！"

鸣见吓得睁大眼睛。

"快、快斗……？"

我像哈姆雷特一样用全身表现出烦恼，提高声音说："你的心思全都被我看穿了。你曾经是个有希望夺得奥运金牌的天才乒乓球少年，却因为膝盖的毛病不得不引退！也是因为这样才会被之前的学校赶出来！"

"等、等一下……什么奥运金牌啊？我的确在全国初中生乒乓球大赛拿过第二名，说什么奥运金牌的也太夸张了……而且转学是我自己决定的，绝对不是被赶出来的……"

"我听说你们爱涂脂抹粉，上帝给了你们一张脸，你们又另外造了一张。"

"你、你在说什么啊？"

"你们多嘴饶舌、矫揉作态，你们替上帝创造的万物乱起浑名，放纵妄为，却又故作不知。"

"拜、拜托你冷静点啊，快斗！"

看到鸣见手足无措的模样，我骂得更激动了。

"没错！你不希望我参加比赛！因为你现在只是个凡人，如果和我这个明星天才作家搭档，观众的目光和赞美都会集中在我身上！你以前品尝过荣耀的滋味，当然受不了我比你更引人注目！"

"我听不懂你在说什么啦！"鸣见听得头都昏了。

"你在我的鞋底涂强力胶，又在我的抽屉涂强力胶，还放了一张纸条，写着'差劲的同学，不准参加比赛'，不是吗！"

"咦咦咦咦！"

我揪着鸣见的衣领，把他按在树上。

"别装傻了！你明明弄脏我的体育服、在我的鞋柜里挤了一坨美乃滋、用马克笔在我的衬衫背后写了'运动白痴'、把我关在厕所隔间又用水管喷我水，还打恶作剧电话给我不是吗！"

因为太过亢奋，我把小学时代的回忆也加进来了。

我更用力地揪紧鸣见的衣襟，他难受地皱起脸。

"我、我不知道……我没……"

"去吧，你去尼姑庵吧！"

我露出吃人一般的狰狞表情贴近他说道，这时……

"放手！阿宝是无辜的！"

仁木从体育馆的转角冲过来。

"是我在你的鞋柜和抽屉涂强力胶，也是我弄湿你的衬衫，又写信威胁你！虽然我不知道是谁在你背后写字、把你关在厕所，反正阿宝什么都没做过！"

"阿仁！"

鸣见惊愕地叫着。

紧接着戴眼镜的班长也出现了。

"仁木，你刚刚说的都是真的吗？是你在雀宫的鞋子上涂了强力胶？"

他严厉地盯着仁木。

"阿仁，这不是真的吧？你没有理由这样做啊。"

仁木一脸凝重地咬着嘴唇。

这时体育馆后面又有个声音说："仁木同学说的都是事实。故意整快斗的人确实是仁木同学。"

乌黑的长辫子随风摇摆，身穿贵族女校制服的远子小姐一双纤细的脚踩着泥土地，威风凛凛地出场了。

寒河江戴着眼镜的双眼疑惑地眯起。

"你是谁?"

远子小姐挺起平坦的胸部，露出花朵般的微笑说：

"如你所见，我是'文学少女'。"

寒河江、仁木、鸣见全都呆住了。

在场唯一知道远子小姐真实身份的我则是尴尬到脸红。

远、远子小姐……

都几岁的人了还说什么"文学少女"。就算保守估计，她至少也超过二十五岁了吧?

她竟然好意思自称"少女"……谎报年龄也谎报得太夸张了。不过她的确很适合穿制服、绑辫子，如果不知道她是在出版社工作的社会人士，的确会觉得她是个气质古典的文学少女。不过她的真实年龄如果和外表一致，就更适合我了，我也比较希望这样……

远子小姐完全没察觉到我的复杂心事，她看着仁木，亲切地笑着说："我的身份类似在那边低着头念念有词的快斗的监护人。因为快斗找我商量被人恶作剧的事，所以我才会来此帮忙解决。"

瞧她说得不可一世的样子。

鸣见他们听得一愣一愣，好像还没搞清楚状况。

这也难怪啦，毕竟有个绑辫子的女生突然跑出来说自己是文学少女嘛。

仁木愕然地说："……难道你就是松冈他们说的雀宫老师的表姐？"

"是啊，就是我。"远子小姐可爱地笑了笑，又继续说，"我上周六和快斗的同学谈过，大概猜得出凶手是谁。那个人显然不希望快斗参加比赛，所以我试着'想象'，如果快斗不参加比赛，谁会得到好处？

"可是我想不出有谁会因此受益。所以我换了个想法，如果快斗参加比赛，会给谁带来麻烦呢？没错，就是快斗的搭档鸣见同学。那么，凶手是打算嫁祸给鸣见同学吗？他的目标并非快斗，而是鸣见同学吗？"

仁木的表情僵住了。

鸣见和寒河江都忧虑地看着仁木的反应。

远子小姐一口断定："不是的，那个人'绝对不会伤害鸣见同学'，因此才要阻挠比赛。我说的没错吧？仁木同学？"

仁木低着头，握紧双手。

"……我在想……阿宝不能再像从前那样奔跑，他一定很难过……他转学之后本来一直在这里过得很开心……现在碰上这个情况，他不是又会想起无法再打乒乓球的事吗……而且，如果他在比赛中输给比自己更弱的对手，一定……一定会很痛苦……我、我知道阿宝把一切都投入在乒乓球上了……"

"阿仁……"鸣见一脸哀伤地看着他。

远子小姐静静地问："所以你向大家施压，让别人不敢当鸣见同学的搭档，但是你万万没想到，长期逃课的快斗竟然开始上学了。你原本打算在比赛当天自告奋勇代替快斗当鸣见同学的搭档，然后在比赛中假装身体不舒服而弃权，没错吧？"

"……"

仁木沉默不语，大概是被远子小姐说中了。

"我心想，真凶应该是比谁都关心鸣见同学的人，也就是对同学们施压的人。担任候补的是仁木同学和寒河江同学，两人都有可能是凶手。所以我要快斗叫鸣见同学出来演这场戏，凶手看见鸣见同学受到无妄之灾，一定会跑出来说话的。"

鸣见看看我，小声地说："原、原来是演戏，太好了……我还以为快斗疯了呢。"

哼，这点小演技怎么可能难得倒我这个天才明星。

仁木突然跪在地上，向我行礼。

"抱歉，老师！我不想让阿宝参加比赛，所以才会这样做……阿宝绝对不会做那么恶劣的事，请你原谅！"

"你是说对我这样为所欲为就无所谓吗！"

那些纸条之类的东西实在太伤人，害我的心中留下了创伤，差一点就要精神崩溃了耶！

"……反正老师神经很粗嘛。"

你说什么啊！

"哎呀，不可以以貌取人啦。快斗乍看之下神经很粗，其实他个性细腻，很容易受伤呢。"远子小姐摇着辫子如此声称。

"远、远子小姐，别这样啦！我、我哪有容易受伤！呃，这点小事又没什么。"

"我也向你道歉，请你原谅阿仁吧。"

鸣见深深鞠躬。

"我身为班长却没发现班上发生欺负同学事件，我也推卸不了责任。对不起，雀宫。"

就连阴险眼镜男都对我道歉了。

"对了，你是不是一直在监视我啊？你还专程来体育馆嘲笑我不是吗？"

眼镜男抬起头来，疑惑地皱起眉头。

"我只是以班长身份观察逃课学生能不能正常地融入班级而已。"

"什么？你随时随地盯着我只是因为这样？看你那副冰冷的眼神，难道不是在想某些邪恶的事吗？是说不要再提逃课了啦！"

"这种眼神是天生的。"寒河江不悦地说。

看来他只是想要做好班长分内的事情罢了。

他现在会在这里，也是因为发现我和鸣见的情况不太对劲，担心会发生什么意外，所以悄悄地跟过来看。我听完他的解释简直全身虚脱。

"唉，好了啦，仁木也起来吧，我又不爱被人跪拜。我可不是心胸狭窄又爱记恨的小人物。"

"老师……"仁木战战兢兢地抬头。

鸣见蹲在仁木面前，开朗地说："阿仁，谢谢你这么为我着想，可是我就算不能再像以前跑得那么灵活，我还是很喜欢打乒乓球，真的喔。"

虽然现在没继续参加，但我还是很喜欢乒乓球。

是啊，鸣见说这句话时的确挂着真诚的笑容。

仁木听得热泪盈眶，他大概也能理解鸣见的心情了。

"……或许我才是最脆弱的人。嘴上说着担心阿宝会难过，其实只是我自己忍受不了……"鸣见拉着仁木起身，"你要好好看着我比赛啊，阿仁。"

"我会的。"仁木也握起鸣见的手。

"快斗也要加油喔。"

鸣见给我一个灿烂的笑容，寒河江则是环抱双臂静静旁观。

"呃……喔。"

我突然觉得很不好意思，小声地回答。

"男生的友情太棒了！"

绑辫子穿制服的文学少女在一旁陶醉地说。

"喔，霍拉旭，我要死了，可怕的毒药已经令我失去气力，我无法活着听见英国传来的消息了。"

回家后，我瘫坐在工作椅上喃喃自语。

"快斗，你又变成哈姆雷特啦？"

远子小姐用厨房的微波炉加热了从百货公司买来的鸡肉和马铃薯，装盘端出来，然后眨眨眼睛说。

"上学果然很累，每个人都过得太兴奋，小小的教室里塞满各式各样的感情……光是一点小事就会让他们烦恼、生气得要死，再不然就是行为失控，根本没想到会造成别人的困扰。"

远子小姐扑哧一笑。

她放下盘子，朝我走来。

"可是他们都是好孩子啊，一定能和你成为好朋友。"

"呃……哼，天晓得。"

我转开脸去，远子小姐却温柔地摸摸我的头。

"快斗，莎士比亚的《哈姆雷特》味道就像黑布丁喔。所谓的黑布丁，是用猪血做的香肠，外表像中世纪的黑暗时代一样漆黑，吃起来冰凉凉的，但是口感浓稠，会让人一吃就上瘾呢。切成薄片，煎得硬一点也很美味，能够充分享受极富旋律性的台词里蕴含的弹牙口感喔。"她柔情似水地摸着我的头，以温暖而悦耳的声音说着。

小学有人用马克笔在我背后写字的那天，图书馆的大姐姐也曾这样笑着说"没关系，我会洗得干干净净"，帮我洗了衬衫。

"你看，全白的哟。"

摊开的衬衫和那爽朗笑容都好耀眼。

"男生都是哈姆雷特，都会一边烦恼一边行动。"

如今在我耳边款款细语的不是那位大姐姐，而是远子小姐。

堇花的香气钻进鼻腔，令我心跳加速。

"哈姆雷特在自己的幻想牵引之下行动，因为无法对重要的人表露心意而绝望，但他还是持续地努力，我最喜欢的就是他这种青涩的地方。"

"喜喜喜喜喜欢！"

我的脸顿时发烫。

远子小姐向快要晕倒的我露出花朵般的微笑。

"嗯，我最喜欢了。"

心脏扑通扑通地疯狂跳动。

"远子小姐！我、我会全力参加比赛的！还有……如果我赢了，我有话想要告诉你！"

远子小姐吃惊地睁大眼睛，然后笑着说："我会期待的"。

那张笑脸拨动了我的心弦。

"我一定会赢的！我会为你夺得胜利的！"

我热情地如此坚称。

我要在联合球赛取得优胜，然后向远子小姐告白！

下定决心以后，我要求鸣见帮我特训。

"光是靠放学后的训练太没效率了！我早上中午晚上都要练习！鸣见，好好地锻炼我吧！我从今天开始要二十四小时投入乒乓球！"

"快斗！你终于体会到乒乓球的迷人之处吗？我好高兴喔！"

鸣见非常感动，在球赛之前的几天不断地陪着我特训。

虽然鸣见有膝盖的毛病不能运动过量，但他还是为我排定训练行程表，也给我不少详细的建议。

"还不够！还得继续加强啊！"

"快斗竟然对乒乓球这么入迷……我好感动啊。"

"再来啊！"

就这样，到了球赛当天。

寒河江要参加的是棒球比赛，仁木则是篮球。两人的比赛会场都在武山高中。

乒乓球比赛是在开明学园的体育馆举行。

来加油的观众从一大早就挤满了操场角落和体育馆二楼看台，气氛热闹得像是在办庙会。

远子小姐周六还得上班，但是她答应周日一定会来加油。

我非得赢得明天的出赛权不可！

所幸第一回合的对手和我一样是外行人，鸣见用绝佳的技巧主导了战况。

他和我练习时总是发出容易打的球，此时却能随心所欲地将球打在桌角、网子前，或是打出旋转球。

不愧是全国大赛的第二名。

不过第二回合的对手都是现任乒乓球社员，让我们陷入了苦战。

鸣见的膝盖有问题，没办法激烈地奔跑，或是迅速地横向移动，而我在鸣见的特训之下虽然稍微进步了一点，但还是经常漏接或是把球打出场外。

混账，我成了鸣见的累赘吗？

我不甘心到胃都痛了，但现在没空想这些。只能尽可能把球打回去，拿出所有实力来应对。

"呜喔喔喔喔喔喔喔喔喔！"

用怪叫吓唬对方来弥补技术不足的战略似乎奏效了，总之最后是我们胜利。

"好厉害喔！快斗！我们赢了耶！"

"那当然！明天再赢就可以拿到冠军了！"

我们满身大汗地抱在一起。

隔天是第三回合，远子小姐依约来帮我加油了。

"快斗！加油喔！"

我们班那些跑来体育馆的同学看到穿着洋装、披着长发的远子小姐，都惊讶地叫着：

"那是雀宫的表姐吗？"

"她穿便服看起来好成熟喔！"

多亏远子小姐的声援，第三回合我们也赢了。

只要再赢一场，我们就是冠军了！

但是鸣见的膝盖已经快要撑不住了。

比赛结束回到开明学园的仁木很担心地说："阿宝，不要太勉强喔。"

"我没事啦，阿仁，我很清楚自己的极限到哪里。"鸣见笑着这么回答。

同样从武山高中回来的寒河江也一脸严肃地声明："如果我觉得你不行了，就会主动喊暂停。"

"嗯，我知道了。"鸣见依然笑着。

"喂，真的没问题吗？"走向球桌时，我偷偷问道。

"连你都这么爱担心啊？不过我可能打到一半就得靠你了，后半场或许打不出猛力的球，到时你就得渐渐往前站了。"

"好，包在我身上。"我忐忑不安地说。

"快斗！鸣见同学！加油喔！"

远子小姐在那里看着，我非得拼命不可。

比赛前半的主控权几乎都是操纵在我方的手上，鸣见一样用高超的球技压制对方。

要说实力，第二回合的那两个对手或许还比他们厉害。

可是到了后半段，鸣见的动作明显变得迟钝，对方逐渐占了上风。

鸣见满头大汗，一脸痛苦地喘气。

寒河江打算换人上场时，鸣见转头大喊："还没呢！我还行的！"

他看起来分明已经很勉强了，却还是笑着喊道。

仁木抓住寒河江的手臂。

他流露认真的眼神，似乎要寒河江别阻止鸣见。

寒河江叹了一口气，又走了回去。

"鸣见，你还可以吗？"我小声问道。

鸣见开朗地回答："嗯，有你陪着我，我就没问题！"

所谓的撼动人心就是这么回事吗？

热意从心中慢慢扩散到全身各个角落。

"好，我们上吧！阿宝！"

"啊，你第一次叫我阿宝！"

"闭嘴啦，接下来就换我打头阵！"

"嗯，依照原定作战计划！"

我怎么突然这么热血啊？

可是全身的热意一直没有散去。

比赛继续展开。

阿宝努力不懈地将球打回去。

我也尽力回击我打得到的球。

同学们都在喊着我的名字。

远子小姐开心地看着我。

在学校和同龄的人一起经历相同体验，从中得到的感受，一定可以成为你的创作粮食喔。

这句话如今缓缓地渗入我的心胸。

同学的欢呼声震撼了我全身。

好像有什么东西开始运作，开始发光。

"好！反败为胜吧！"

我听见班长寒河江这样叫着。

然后是远子小姐的声音。

"再一分！"

橘色的球飞到眼前，我高高举起手臂，往对手的台区打过去。

响彻云霄的欢呼。

阿宝冲了过来。

"太棒了！快斗！"

寒河江、仁木，还有其他同学都高声大叫"赢啦！"。

比赛结束的信号响起，一群人冲过来簇拥着我和阿宝。

"恭喜啊！阿宝！老师！"

"最后那球打得太帅了！雀宫！"

在满堂赞美声中，我找寻着远子小姐的踪影。

我已经决定，如果赢了比赛就要向她告白。

虽然我在网站上的读者票选比赛拿到最后一名无法告白，但是如今我已是有资格爱远子小姐的胜者了！

啊啊，终于！这一刻终于到来了！

远子小姐摇曳着一头长发走向我。

我拨开人群，朝远子小姐跑去。

"快斗！"

远子小姐叫着我的名字。

我也张开双手，想要拥抱我心爱的人。

这时有一线光芒直射我的眼睛。

那是从远子小姐的左手无名指发出的光芒。

一颗绽放着透明光辉的钻石。

左手？

无名指？

远子小姐跑到全身僵硬的我面前，双手握拳，开心得蹦蹦跳跳。

"快斗！恭喜你获胜！真是太棒了！好帅气喔！让我看得好感动！"

左手的戒指。

那东西和远子小姐一起跳上跳下。

"快斗，你怎么啦？"

"那……那那那个戒指难道是……"

远子小姐突然脸红了。

她的视线慌张地游移不定，戴着戒指的左手贴在胸前，然后开心、害羞，又很幸福地微笑。

"我秋天就要结婚了。"

青涩作家和翻书的文学少女

"我明天就不在这里打工了。"

初中一年级的春天，我最喜欢的图书馆大姐姐寂寥地说出这句话。

即使在家里或学校碰到什么难过的事，只要去了图书馆，她都会以温暖的笑容和柔软的双手迎接我。穿着奶油色围裙的胸前，茶色马尾轻轻摇曳。

"你好，快斗。"

像晴朗天空一样明亮的声音。

我最喜欢和她谈书了。

"快斗，你真的读了好多书喔，你很喜欢看书吗?"

"……嗯。"

"我也很喜欢喔，因为看书可以让我体验到各种感情，去各地游览，还能经历各式各样的冒险。书本里真的什么都有呢。"

"文学少女"眼睛发亮地说着。

明天以后就看不到她了。

我的眼前一黑，脚步踉跄，仿佛落入了漆黑的深渊。

胸口好苦闷，好难过，好不甘心……

"快斗，这是我的地址，你也把你的地址告诉我吧，我会写信给你的。"

"不用……我才不要你写信来。"

好懊恼，好伤心。

身体像是快爆炸似的。

"我也不会写信给你的！"

我不想让她看到自己的哭脸，所以转身跑走。

从此以后，我再也没有见过她。

"我秋天就要结婚了。"

三天前，我在联合球赛的乒乓球项目夺得冠军，然后远子小姐就在体育馆里害羞地说出这句话。我想起这件事，忍不住趴在家里的地板上抱着头。

要结婚了。

就要结婚了。

哇啊啊啊啊！哇啊啊啊啊！我一边大叫一边在地上滚来滚去。

吃着小鱼干的黑猫老大不高兴地走开了。

怎么会？远子小姐竟然要结婚了？而且她说秋天，剩下不到半年了吗?

我当时听得脸色发青,发出"啊""呜"之类的声音而晕倒。

听着上方传来"呀!快斗!""你振作点啊!快斗!""老师!"之类的呼喊,意识逐渐昏迷。

大家似乎以为我在比赛中用尽全力,才会一放松就倒下。

醒来以后,旁人还不断地夸奖"快斗真是太拼命了"。

可是我一看见在远子小姐无名指上发光的戒指,又震撼得心脏几乎停止,失去意识。光是想到远子小姐说出那段震撼告白的通红脸颊,还有无比幸福的笑容,还是会胸口郁闷、脉搏异常、呼吸困难,在地上滚来滚去。

"哇啊啊啊啊啊!我不要让远子小姐落入其他人的手中啊啊啊啊啊!"

喜欢的人有男朋友,或是有丈夫,打击和受伤的程度是截然不同的。

几个月以后,远子小姐就要嫁作人妇,无名指上的钻石订婚戒指也会换成白金的婚戒了。

"不要啊啊啊啊啊!我不要啊啊啊啊啊!"

现在我一定得做些什么,否则远子小姐真的要嫁人了。远子小姐看起来观念很保守,她绝对不可能出轨。就算丈夫是个没工作又暴力的男人,她一定也会继续陪着他吧?

——远子小姐,我已经十八岁了,年收入也超过十亿元了。你和那个男人离婚,嫁给我吧。

——对不起,快斗。那个人不能没有我。

"哇啊啊啊啊啊啊啊啊啊！不行啊！远子小姐！不要跟那家伙结婚啊——"

我在地上边滚边大叫。

对了，我去拜托总编，叫他让远子小姐当我专属的编辑吧。然后我要拼命写稿，让她忙到连回家的时间都没有，也没办法筹备婚礼，这样她的男友一定会很不高兴，婚礼就会取消了。

就算要我利用作家身份对她职场霸凌或是骚扰，我也无所谓了。只要可以阻止远子小姐结婚，我连自尊都可以舍弃。

我擦擦眼泪鼻涕站起，立刻换上整齐服装，前往薰风社编辑部。

请让远子小姐当我的专属编辑。

我严肃地向总编佐佐木先生提出要求，他瞪大眼睛看着我一阵子，突然笑了出来。

"就算是开玩笑，能听到作家说这种话，天野也真是不枉身为编辑了。"

"我、我不是在开玩笑。"

在出版社楼下的咖啡厅里，我僵着一张脸如此坚称，佐佐木先生听了就笑着说："好好，我都知道。你会突然来访，一定是因为听到天野要结婚的消息吧？如果你是要找人商量如何祝贺，我当然乐意奉陪。啊，你应该也会被邀请去参加婚礼，可以考虑发表演讲啊，表演个什么才艺也不错。天野向我报告结婚的消息时，我真的很高兴，其实我本来就觉得这是迟早的事啦，我想天野先生和结衣小姐一定也会很开心的。啊，天野先生是天野的父亲，以前是我的同事，结衣小姐是天野先生的太太。"

话题不知不觉地变成回忆往事，我只好听佐佐木先生滔滔不绝地说下去。

"远子和他在高中时代是文艺社的学姐学弟，他们一定从那时开始就缺不了对方了。"

他很怀念地说起我完全不想知道的事。

"佐佐木先生！别再提婚礼了啦，请你好好考虑让远子小姐当我专属编辑的事。我是真心的，如果远子小姐当我一个人的编辑，我一辈子都不会帮薰风社以外的出版社写稿。"

"哈哈哈，这个提议真吸引人呢。不过，天野已经等于是井上美羽的专属编辑了。"

"井、井上美羽？"

我为之语塞。为什么会在这种时候提起井上美羽？

刚出道时，报章杂志老是拿我和井上美羽相比，所以我对美羽只有厌恶没有好感。那种软弱无力的人妖小说竟然比我多出好几倍的销售量，这个事实更令我火大，这家伙简直是我的天敌。

"对了，雀宫，你也是井上美羽的书迷嘛。"

才不是！这误会怎么还没解开啊？

"天野和井上这对搭档是最强的，让井上写出第二部作品《文学少女》的就是天野呢。因为有天野担任井上的编辑，井上小说的质量和销售量才会一直提升。最近的《奔向明日与你相会》已经决定要由戛纳影展得奖的堀尾导演改编成电影，那也是他和天野一起完成的作品。内容是分隔两地的情侣一再错过彼此，最后终于相聚的感人爱情故事。那部作品的累积销售量应该超过五百万本了吧。"

戛纳影展得奖导演、销售量五百万本，一字字都砸在我的头顶。

我输了。

输得一败涂地啊！

"因为这样，所以我没办法让天野当你的专属编辑。话说回来，既然要结婚了，就算形式上不得不换编辑，井上也一样是远子的专属作家啊。"

我实在听不懂佐佐木先生在说什么。

"还是别说这个了，关于婚礼的节目，让作家和编辑部一起来表演歌舞如何？雀宫，你唱歌跳舞的能力怎样？我以前可是卡拉 OK 的常客，我和夫人也是在那里认识的呢。"

佐佐木先生又开始谈起往事，我只好忍耐着听下去。

等到我好不容易脱身，失落地垮着肩膀离开出版社时，已经是黄昏了。

太阳渐渐沉到高楼的夹缝里。

唉，我连限制远子小姐的权力都没有吗？

寂寞几乎割裂我的身体，到底该如何是好……

我陷入有生以来最严重的低潮，变得好无助，我心想同样是作家的人大概可以了解我的心情，就打开手机叫出号码。

早川绯砂。

她虽然是个傲慢的女人，但也是和我在同一个战场上奋斗的敌手兼同志。

早川换编辑时也曾经哭喊着"我不要远子小姐以外的编辑"，她应该会陪我感叹或是同仇敌忾吧。

"喂喂，是我。"

"咦？雀宫？真稀罕，你竟然会打电话给我。"兴奋的声音传来。

她接到我的电话竟然这么高兴，让我心情稍微好一点了……

"抱歉，我正在和马场先生讨论事情。告诉你喔，马场先生对经济和经营公司的事情真是无所不知，实在是太可靠了。嗯？真是的，我才不是说客套话呢。"

电话另一端传来嘈杂的对话。

"就是这样，所以不好意思啦，我晚点再打给你。"

喀啦。

电话挂断了。

"混账，你这个贱人！"

我火冒三丈地把早川的号码从手机中删除。

所以说女人都不能信任嘛。之前还哭哭啼啼地说不和远子小姐一起就写不出来，现在却和新编辑这么要好。真不错啊，有个可靠的编辑，你们就继续甜蜜下去吧，干脆结婚好了！

果然还是只能找同性朋友诉苦。

我还有在同一间教室一起学习的伙伴，能为我分忧解劳、给我鼓励的伙伴。

我拨了最近才刚存到手机里的阿宝的号码。

那家伙一定很同情我的悲哀处境，陪我一起哭，说不定还会找仁木和寒河江陪我玩乐解闷。

没错，我不是孤单一人。

"啊，快斗？我现在和班上同学在 KTV 玩得好开心啊。"

KTV？竟然没叫我！

"我发了短信给你，可是你没有回。喂喂？快斗？你还在吗?"

这是怎么回事?我竟然不在"班上同学"之中?

"快斗?你现在要来吗?"

"不来也好,这种聚会太不健康了。"

刚才那句话是寒河江说的吗?

连那个一本正经的寒河江都被拉去 KTV 合唱,就只有我一个人被丢下?

"快斗?怎么了?快斗?你听得见吗?"

"我、我最讨厌你们了啊!"

我自己挂断了电话。

阿宝的号码也被我删掉了。

如今我的通讯录变得好单薄,剩下的只有出版社的号码和模特工作相关的电话号码,还有远子小姐的……

"唔唔唔……"

我也想一并删除远子小姐的手机号码,手指却不听使唤。

"我、我办不到!"

这令我更感到绝望,我朝着夕阳狂奔。

混账!混账!

我再也没办法写作了啦——

目前仅剩的希望只有经常来讨小鱼干的黑猫。

只有那只冷漠骄傲的猫不会背叛我。是啊,我们一人一猫都是在世间的寒风中冷硬地生存着。

结果我回家时,看到大楼门口有个长得像魔人普乌的肥胖大叔涎着一张脸抱着黑猫。

"真是个乖孩子呢！奥黛丽。好啦，我们来吃饭饭吧，今天准备的是奥黛丽最喜欢的无人工添加物猫食配牛奶哦——"

大叔一边说一边抚摸黑猫，那只臭猫也撒娇地"喵喵"叫着，我愕然地目睹着这一幕。

黑猫只顾着用身体磨蹭主人的脸颊，对我看都不看一眼。

竟然连猫都抛弃我了！

我冲回家里收拾行李，穿上风衣、戴起墨镜出门旅行。

在大楼门口，我回头悲伤地说："再见了，远子小姐，你忘了我吧。"

要收录在下一本书的新故事再过一周就到截稿日了。

我最近忙着上学和练习乒乓球，几乎完全没有进展，不过谁理他呢。在这心痛欲裂的时候，我什么事都没心力去做了。

遮遮掩掩地搭上夜晚的列车，最后来到了伊豆。

我到海边的温泉旅馆，说我打算暂时住一阵子，旅馆员工都露出了狐疑的眼神，可是我一口气付清一周的住宿费以后，他们马上就带我去了一个能看到海的房间。

六月的夜晚还有些寒意。

我在窗边听着寂寞的浪涛声，独自默默垂泪。

远子小姐……我再也不会见你了。

我对人、对猫、对这个世界都绝望了。我要在这里像贝类一样静静地生活，这么一来，我的哀愁或许可以让伊豆的海浪冲淡一些。

如今的我只想离群索居。

隔天，我也只在旅馆附近散散步，望着充满海潮味道的街道和脚边的花草，满怀愁绪。

道路弯弯曲曲地伸展，当我想着大概快到天城岭时，骤雨染白了郁郁苍苍的山林，急速地自山脚朝我逼来。

啊，这是《伊豆的舞女》的开头。

大文豪川端康成在学生时代曾经一个人偷偷跑到伊豆，和流浪艺人一家人结伴同行，后来便根据这个经验写了《伊豆的舞女》。

镇上的小电影院正在播放重新上映的《伊豆的舞女》。

我买了票进去看。

饰演舞女的好像是从前的偶像，台词念得生硬至极，不过天真无邪的气质表现得很不错，黑白画面也很能触动乡愁，让我不知不觉地流下泪水。

主角"学生"非常烦恼自己扭曲的孤僻性格，是个性格阴暗的家伙。

这个内心沉郁的男人和天真的舞娘结伴旅行一小段时间，因而稍微放宽心情了。故事内容只有这样。

"《伊豆的舞女》像是樱花色的甜虾啊。既清纯又可爱，入口的瞬间就能尝到一阵悲伤又幸福的甘甜。"

我不知不觉地想起远子小姐从我家书柜抽出《伊豆的舞女》来看，流露温暖目光发表评论的模样。

远子小姐看书的时候都很开心，光是听着她清澈的声音，我就心跳不已，觉得胸中充满幸福。

仿佛重获了从前失去的重要事物。

我真希望能一直听着远子小姐的声音。

可是，远子小姐秋天就要结婚了。她的左手无名指戴着钻石订婚戒指，红着脸颊开心地说："我就要结婚了。"

我也发现了自己并不是远子小姐唯一的作家。

远子小姐竟然是井上美羽的责任编辑。

无论我再怎么虚张声势，销售量和知名度还是输给井上美羽。

对远子小姐而言，我只不过是众多作家之中的一人。

要说私交，我比不上从高中就和她开始交往的男友，要说工作，我也输给了井上美羽。

在我那些精英阶级的家人眼中，我只是个多余的人，也没有能够安慰我的朋友。

这个世界上根本没有人会在意我！

我从出生就是个孤儿了！

泪水夺眶而出，我用手背胡乱一抹。

妈的，川端康成这个混蛋，干吗写这种烂故事把我弄哭啊！

真羡慕《伊豆的舞女》的主角。虽然他很烦恼自己因孤僻性格而无法相信他人，却能在伊豆碰见可爱的舞女。

唉，何时才能遇上能够抚平我心中创伤的舞女呢？

我心情沉重地走出了电影院。

逐渐掩上黄昏的海洋弥漫着凝重的湿气，散发出蜂蜜色的光辉。

这景象映入眼帘，令我视线模糊。

我在绊脚的沙上举步维艰地走着。

此时我听见了熟悉的声音。

"……快斗……"

波浪来回冲刷的蜂蜜色海岸，有个声音呼唤着我。

"快斗！"

被海风吹乱的长发。

朝我挥动的纤细手臂。曼妙的柳腰、小巧白皙的脸庞。明亮的眼眸。在左手无名指上发光的钻石。

"喂！快斗！"

是远子小姐！

我立刻转身，拔腿就跑。

"快斗！你干吗跑啊！"

远子小姐追过来。

"等一下！等等啊，快斗！"

"你来做什么啦——"我边跑边叫。

就是因为见远子小姐太痛苦，我才会离开东京，如果在这里见到她，我根本是白来了嘛！

"你不是和我约好今天开会讨论吗？"远子小姐在后面奋力喊叫，"结果我到你家只看到'别来找我'的纸条啊！"

"那你就不要来啊！为什么你会知道我在这里啊！"

"对不起！我很担心你，所以打开你的电脑查网页记录，然后就看到伊豆的旅馆、观光景点和交通信息……"远子小姐气喘吁吁地回答。

我这个白痴！为什么没有清除网页记录啊！

"总之你别来啦！给我回去！让我自己静一静！"

我哭丧着脸狂奔，远子小姐仍然上气不接下气地穷追不舍。

黄昏时分，在沙滩上奔跑的年轻男女。

从远处看过来，或许很像情侣在嬉戏吧。

"快斗！一周后就是截稿日了喔！"

远子小姐就是不死心。她明明那么瘦，真看不出来竟然这么顽强。我反而跑得快要喘不过气，膝盖发抖，心脏几乎爆裂。

"我再也不写什么小说了！"

我回头大叫，不小心绊了一下，扑倒在沙滩上。

远子小姐蹲在我身边，紧紧抓住我的右手。

"呼呼……抓到你了……呼……"

我躺在沙滩上，看见远子小姐垂着头，"呼呼"地猛喘气，肩膀随之起伏。

不只我虚脱无力，远子小姐看来也已经精疲力竭了，长发贴在汗湿的脸上，她和我相握的手同样是汗水淋漓。

即使如此，她还是坚持不放，牢牢地用力握紧。

"……别……别说不写小说这种话……太……太让人伤心了……"

我心头一紧,上涌的泪水刺痛了喉咙。

"我、我才伤心咧……我再也写不出来了。光是坐在电脑前,胸口就痛得不得了,根本写不下去……什、什么都想不出来了。我没办法再写了!"

远子小姐喘着气抬头。汗水在黄昏的光芒中晶莹闪烁。远子小姐望着我,眼神非常哀伤。

"为什么写不出来?"

"我失恋了啦!"

我自暴自弃地大叫。如果我说出对象就是她,她会有什么反应?要不要干脆说出来算了?

但是我还来不及开口,远子小姐就先用力握紧我的手,坚定地说:"既然这样,你就把失恋的事写出来吧。"

"川端康成也是经历过失恋,才会成为文豪喔。"

来到我住宿的房间后,远子小姐把我的笔记型电脑放在桌上,极力劝说。

"康成的未婚妻单方面悔婚,他为了抚慰失恋的伤痕,在伊豆的温泉旅馆写了一篇草稿叫做《汤岛的回忆》,其中的前半就是《伊豆的舞女》。如果康成没有失恋,或许就不会有《伊豆的舞女》这个作品了，是失恋让他成为大作家的呢。"

我没有反抗，乖乖坐到笔记型电脑前面。

远子小姐对旅馆的员工说，她是出版社编辑，在老师写完原稿之前她要一起留在房间里陪我。

那些员工本来很担心我是来自杀的，听到我是作家以后才恍然大悟地说"原来如此，是来闭关写作的啊"。

远子小姐报告编辑部说她要"出差"一阵子，也通知我的学校说"因为某种不得已的事态，快斗大概有一星期不能上学"，还和校方商量，让我用增加补课的方式补足不够的出席时数。

"好了，现在不用担心学校那边了。快斗，把你现在的心情完完整整地写进小说吧，川端康成也会帮你加油的。"远子小姐鼓励着我说。

可是川端康成也不是一失恋就立刻被人要求把心情写进小说啊，而且造成我失恋的人就在身边，这个处境实在太残酷了。

我面对电脑，心里仍然一直在意着远子小姐从后方凝视着我的视线。即使我有心写出超越《伊豆的舞女》的名著，满脑子想的还是微笑着说出"我就要结婚了"的远子小姐，我用力甩头，想要挥去这个念头，又不小心瞄到在远子小姐无名指上发光的钻石戒指，心中痛如刀割。

"不、不行，我写不出来……"

"没问题的，你一定可以的。"

"我没办法！"

"不要放弃啊！想想你喜欢的那个人吧，你是在哪里认识她的？第一次见面时有什么感觉？说了些什么话？为什么会喜欢上那个人？"

哪里还需要想，那个人现在就一脸正经地坐在我旁边啊！

"是……是因为工作而认识的。"

"喔？是模特的工作？还是小说这边的？"

"小、小说的……"

"这样啊。"

"我可要先说，绝对不是早川喔！"

"咦！我还以为一定是她呢。"

远子小姐睁大眼睛，看来她的确如我担心的那样，误以为我喜欢早川。

"她……她的年纪比我大……"

"绯砂的年纪也比你大啊。"

"比早川还大啦！"

我脱口而出，她听得又是一脸惊愕。

"所以说……至少是二十……甚至三十岁？不对，爱情和年龄是没有关系的。原来如此，看来确实是一段苦恋呢，快斗。现在就把你的悲伤敲在键盘上吧。"

我觉得越来越脱力。

到夜深时，我只写了半页。

就算只写了半页，我还是希望能得到称赞。我写一行就删一行，再写两行又删两行，最后只能举手投降，大叫着："我还是写不出来啦！"

"冷静点，快斗，你一定能写出让所有失恋的人感同身受、怆然泣下的小说。"

"我才不想写那种东西咧！你又不懂我的心情，少在那里说风凉话了！"

昨晚我也一直睡不着，在睡眠不足、疲劳、失恋的连番打击之下，我终于发起脾气，情不自禁地压倒了远子小姐。

"快、快斗……"

远子小姐的黑发披散在榻榻米上，身穿白色上衣和大圆裙的她睁大眼睛，一脸诧异地看着我。

怎、怎怎怎怎怎么办啊！我忍不住推倒她了。接下来该怎么做？

既然事已至此，干脆一不做二不休地冲到底吧。

冲、冲冲冲冲到底？

要冲就冲到底，冲到我所能想象的极限吧。

真的可以吗？

都已经把人家压倒了，还在犹豫什么！你又不是第一次和男友在外面过夜的黄花闺女。

就、就是说啊，是远子小姐不好，谁叫她要刺激我。

去吧！让她知道你也是个堂堂男子汉吧！说不定她就会抛弃男友、投向你的怀抱喔！

很好！说上就上！

我和自己经过一番对话以后终于下定决心，直勾勾地盯着远子小姐。

远子小姐露出迷惘的表情。

"……远子小姐，我……"

将脸慢慢贴过去时，我突然想起一件很重要的事。

糟了！

我都忘了，我也没经验啊！

如果是女方，大不了不动，男人可不能这样啊！

凭着本能？总有办法？反正该有的知识我都有……但那些都是为了写小说而收集的资料啦。

认知和实践是两回事吧。

要是远子小姐觉得我很差劲的话……

或者，远子小姐有经验吗？

不会的，远子小姐看起来很晚熟，绝对不会在婚前做这种事！她一定连接吻都会脸红！

可、可是……如、如果她真的有过经验，一定会做比较的吧？

如果她说……

啊啊啊啊！

我放开远子小姐，抱着头蹲到一边。

不行！硬来对我来说太刺激了啊！

早知如此，多累积一些实战经验就好了啊——

"快斗，你怎么了？身体不舒服吗？既然如此，今天就别写了，早点休息吧。"

"远、远子小姐！"我回头大叫。

远子小姐吓得往后缩。

"我没有经验！"

"咦？"

远子小姐听到我突然说什么经验的，茫然地睁大了眼睛，然后她鼓励似的说："可、可是，那个，无论是谁都得经历第一次的啦，你以后就会有更多经验了。"

"现在行吗！"

我用力摇头，接着低头请求。

"远子小姐！拜托你！教……教教我吧！"

"快斗……"

我战战兢兢地抬头，远子小姐面红耳赤，扭扭捏捏地说："不、不过……我的经验也不是很多……或许帮不上你的忙……"

"远子小姐一定可以的！"我也红着脸坚持地说。

总觉得自己像一只小狗，睁大着水盈盈的大眼睛汪汪哀鸣。

远子小姐迷惘地转开视线，双手贴在脸上，脸色像是害羞又像犹豫，然后她瞄了我一眼，吞吞吐吐地说："如、如果你不嫌弃的话……那、那好吧……我、我就教你吧。"

结果我彻夜未眠，就这么到了黎明。

我精力耗尽，虚脱地靠着墙壁。

旅馆的窗口射入耀眼的晨曦。

远子小姐还很有精神。

"……然后啊，我们两人一起逃了文化祭的闭幕典礼，在文艺社办展览的教室跳土风舞喔。他一直注视着我，害我心跳得好剧烈。我都忍不住要担心，我们贴得这么近，他会不会听到我的心跳声，结果更紧张了呢。那时他的体型很纤细，皮肤又光滑，像女孩子一样可爱，看起来很适合穿水手服的样子。可是他有时又会露出很男性化的表情，令我觉得'他果然还是个男孩子'，这种落差会让人有些感伤呢。啊，现在的他当然也很有魅力啦。"

从昨晚开始，她一直像这样滔滔不绝地炫耀她和男友的事。

"而且他很温柔，笑容和声音都好清爽，还会帮我做美味的料理。不过有时也很恶劣，像上次他就趁我打瞌睡的时候偷偷帮我绑辫子，还会故意弄些味道奇怪的东西给我吃。可是呀！可是呀！我们和好之后，他又会帮我做好香甜的点心呢。还有啊……"

我叫她"教我"，可不是要她把他们从认识到现在的交往过程全都赤裸裸地说给我听。

唉，为什么我得听喜欢的女人满口说着她和其他男人的甜蜜情史啊？

而且还得听一整晚，这真是惨无人道的酷刑。

"还有喔，快斗。以前他曾经帮我把缎带绑在操场旁的树上喔。那件事不管回想多少次，我还是觉得好感动，那是我第一次把他当个男人看喔。快斗，你在听吗？我还有很多珍藏的小故事呢。"

我在心中默默流泪，一边听着远子小姐幸福甜蜜的声音。

三个小时后……

"啊……有点想睡了。"

远子小姐终于说累了，开始频频点头。

最后她贴着桌子睡着了。

美丽的黑发轻柔地垂在桌边。

沉静房间里响起安详的呼吸声，白皙的脸庞泛起浅粉红，长长的睫毛细微地抖动。

我平静地凝视着像孩子一样沉沉睡去的远子小姐。

啊啊……远子小姐睡得好香甜。

不知怎的，浓重的感情逐渐消退，心里好像变得空荡荡的。

我抱起远子小姐，她的身体好轻。我让她躺上床铺，又看了一下她舒适的睡脸，才走到房间角落，裹起毛毯缩着身体，心无杂念地睡了。

我一口气睡到傍晚。

毛毯之外又多了一条棉被。远子小姐缩着肩膀，面红耳赤地低着头端正跪坐。

"那、那个……我自顾自说了一大堆话，真是对不起。请你忘了我说过的话吧。"

远子小姐昨晚可能也是因为睡眠不足而亢奋过度。

但我又觉得，她之所以那么兴奋应该不只是因为这种理由……

"没关系，很有参考价值。"

远子小姐又脸红了。

"是、是吗……那就好……可是，那个，还是忘记比较好啦……"

"那你可以答应我一个条件吗？"

"是什么呢？"远子小姐害怕地问。

"……辫子。"

"咦？"

"让我绑辫子。"

远子小姐惊奇地看着我："你想要帮我绑辫子？"

"嗯。"我正经地回答。

远子小姐好像还有点犹豫，不过她最后有些畏缩地回答：

"如果你真的这么想绑……那、那就绑吧。"

"谢谢你，远子小姐。有梳子和橡皮筋吗?"

"嗯。"

远子小姐从自己的包包拿出复古款式的木梳和两个黑色橡皮筋，放在我的手上。

我走到远子小姐背后，坐在榻榻米上，轻轻捧起她的乌黑长发。

摸起来又细又凉，柔软得几乎像是要融化在我的指尖。

黑发从指缝中沙沙垂落。

我用木梳轻轻地梳着。

没有半点鬈曲的笔直头发完全不会缠住梳子。

真的好美。

远子小姐似乎很紧张，肩膀绷得紧紧的。

每当我的手指碰到她纤细的脖子，她都会浑身一抖。

我沉默地继续梳着。

然后将头发分成左右两边，把其中一边分成三股，仔细地编成辫子。

若是稍微疏忽，柔顺纤细的头发就会滑出手中。我又将之拉起，慢慢地编下去。

我和远子小姐都没有开口说一句话。

不知道远子小姐现在是什么表情。

她瘦弱的肩膀不时颤抖着，白嫩的后颈也有些发红。

我帮她编辫子时，觉得心里好平静。绑完一边以后，我用橡皮筋扎起尾端，接着一样细心、一样缓慢地编起另一边。

远子小姐坐得笔挺，缩着肩膀，一动也不动。

良久以后，两条像猫尾巴一样细长的辫子终于编好了。

远子小姐回过头来，脸都红了。

"编得很不错喔。"

"是吗？"她像大正时代的女学生，含蓄地红着脸害羞说道。

我也心旷神怡地微笑着说："谢谢你，远子小姐。我要来写稿了。"

当我对着电脑写作时，远子小姐始终拖着两条辫子，静静地坐在我背后。

在这个只能听见打字声和细微波涛声的日式房间里，绑着辫子的"文学少女"端正跪坐，用真挚的眼神守候着我。

这真是幸福的一刻。

感动渗透了我的心胸。

故事主角是初中一年级的少年，他在图书馆遇到年纪比自己大的女主角，她时而化为远子小姐，时而化为我初恋的图书馆大姐姐。

在我伤心、孤单的时候温柔地陪我说话的女孩。

快斗一定能成为作家。

用愉悦的声音为我开启通往未来的门。

像阳光一样灿烂的笑容。

她的形象和远子小姐合而为一。

虽然我老是和编辑吵架，从来不理别人的意见，只顾着埋头写小说，她还是诚恳地对待我。

"业平凉人系列的创作构想是来自《伊势物语》的在原业平吧？"

"我相信你，所以希望你今后也能更信任我。"

"我希望能帮助你写出比现在更好的小说。"

直视我双眼的闪亮眼睛。

甜美澄澈的声音。

一脸温柔地说着在学校得到的感受可以成为写作粮食，规劝讨厌学校的我乖乖上学。

我每天练乒乓球练到累得半死，努力夺得冠军，体会到和班上同学融为一体的兴奋和感动。

能够获得这么美好的感受，都是拜远子小姐所赐。

恋爱的心情、无法传达情感的痛苦，都是我的初恋对象和远子小姐教会我的。

那些安宁而幸福的时光、只因对方一个笑容而充满胸中的甜美感受，如今都在我写的故事里得到重现。

感触、思绪、迷惘、烦恼、痛苦……都变成了像星光一样灿烂的创作粮食。

远子小姐请旅馆做了一份能随手抓来吃的餐点，我在用餐的途中仍然继续敲着键盘。

　　好不容易告一段落，我呆呆坐在电脑前休息时，远子小姐拿来浴衣和毛巾，微笑着说："这间旅馆有露天温泉喔，要不要去泡一下？"

　　石块环绕的温泉冒着白茫茫的热气。温泉池中央隔着一片薄木板，划分出男澡堂和女澡堂。我们走不同的入口进来，泡在热水里。大概因为夜已经深了，温泉池只有我和远子小姐。

　　泼水的声音从木板后面传来。

　　"这里的温泉真棒。"远子小姐隔着墙壁对我说。

　　"是啊，全身都放松了。"

　　"嗯嗯。"轻柔的声音传了过来，"对了，鸣见同学他们去了你家喔，他说你在电话里听起来怪怪的。"

　　"那些家伙啊……"

　　"还有，绯砂很生气呢，她说你好像有事要商量，所以提早结束会谈，可是打你的手机一直是通话中。"

　　啊……我好像把手机设定成没有记录的号码打来一律拒接。

　　"鸣见同学他们说你没什么精神，请我帮忙看看情况……绯砂也很担心你呢。"

　　脸颊开始发烫，一定是因为泡热水泡太久了。

　　我一个人在那里钻牛角尖，觉得自己被全世界抛弃，抛下截稿日逃走的行为实在太幼稚，现在想起来都觉得羞耻。

　　一定得向早川他们道歉……

不过早川大概会念到我耳朵长茧吧。

"绯砂和鸣见同学他们都很喜欢快斗呢。"

远子小姐温柔地说。

听到这句话，我的脑袋更烫了。

"这、这里看得到的星星比东京多耶。"

"是啊，好漂亮。"

"……远子小姐，你为什么来找我？是怕我开天窗吗？"

我竖起耳朵，温暖的声音从背后不远处传来。

"就算不为了截稿日，我还是会来的。"

心脏疯狂跳动。

远子小姐似乎靠着墙壁说话。

我也把背贴在墙上，屏息听她说下去。

"因为你是我重要的作家啊。"

我感觉身体好像被吸往星光闪烁的夜空。

头脑变得清晰，全身涌出了力量。

井上美羽是远子小姐负责的作家、远子小姐要结婚的事，全都无所谓了。

你是我重要的作家。

这句话就是至高无上的勋章。

只要这样我就满足了。

"快斗，差不多该起来了吧？"

"是啊，还有稿子要写呢。"

我自己先回房间，穿着浴衣继续敲打键盘，远子小姐稍晚才走进房间。

她穿着浴衣，绑着辫子，脸庞比平时红润了些。

"你先去睡吧。"我对她说。

"没关系。"远子小姐摇头，跪坐在我背后。

我感受着背后的温暖目光，持续地敲键盘。

来伊豆整整一周后，我写完了四百张稿纸分量的初稿。

远子小姐帮陷入昏睡、呈大字形躺着的我盖上毛毯和棉被以后，就坐在旁边读起刚写好的稿子。

我醒来时，看见她红着眼眶、吸着鼻子说："快斗，这个故事太感人了。"

我们在傍晚时离开旅馆。

回东京的电车里有几个本地的高中生，我和远子小姐并肩坐在车厢长椅上。

车轮轻缓的震动让人感觉很舒畅。

突然间，远子小姐扯扯我的手臂。

"？"

"快斗，你看那个女生。"

远子小姐低声地说，她的语气非常兴奋，眼睛闪闪发光。

我也朝她指着的方向望去。

斜前方的双人座椅有一位穿水手服、绑马尾，看起来像是初中生的女孩，正在专心地看书。

她双手捧着一本厚厚的平装书，读得非常投入。

封面的图案和设计看起来很眼熟。

那是我的书！

"业平"系列的最新一集！

我的脸渐渐发热。

那个女孩在读我的书！

远子小姐也紧紧抓着我的手臂，兴致盎然地看着那个女孩。

她正在读哪一章呢？

女孩"呼"地吁了一口气，嘴角渐渐扬起。

愉快的笑容荡漾开来。

接着她继续翻页。

我将这一幕深深烙印在脑海里，感动到好想哭，我满怀感激和关爱地凝视着那个女孩，直到她下车为止。

谢谢。

谢谢你读我的书，而且读得这么开心。

我不知道你的名字，但还是谢谢你。

真的很感谢。

泪水不自觉地滴了下来，我甚至不打算制止自己。

所有感受融为一体，甜美、温暖又清澈。

我现在体会到的感动一定和《伊豆的舞女》的主角一样。

　　　　◇　　　◇　　　◇

　　回东京以后，过了半个月。

　　前几天我去编辑部时，佐佐木先生夸奖我说："我看过你的新故事了，细腻的风景和心情转变的描写都非常精彩，让我想起了年轻时的自己，感动得都快哭了。这一定会成为你的代表作之一。"

　　我还是继续上学，没有逃课，也很认真地补课。

　　阿宝和仁木可能觉得我一个人太寂寞，有时也会主动参加补课，下课以后又陪我去游乐场或 KTV。

　　正经八百的班长寒河江也会一起来，说是为了要监视我们。话说他的拿手歌曲是《关白宣言》①。

　　早川也听到远子小姐要结婚的事，所以知道我失恋了。

　　"只因为这样就丢下工作销声匿迹，真是蠢死了。你是我认定的对手，别为失恋这种小事萎靡不振，快去写一本能吸引读者的小说吧。看到你那么失魂落魄会害我分心，发挥不出实力啦。"

　　早川的鼓励很有她的风格。

　　只要是晴朗的日子，黑猫就会来敲我的窗户。

　　有一次我在阳台洒着小鱼干时，听见楼下有人说"奥黛丽真的好可爱呀"，还有"喵"的猫叫声。

　　"咦？奇怪？你不是奥黛丽啊？"

---

① 关白宣言，三十年前的老歌，内容是丈夫对即将过门的妻子训话，虽然苛刻跋扈却又深情款款。

黑猫一脸不屑地吃着小鱼干。

远子小姐还是和以前一样，傍晚我放学回家后，她就会带着点心，笑容满面地来找我。

"你好，快斗。原稿的进度如何了？"

"当然写完了。"

"真不愧是快斗。那我来看看吧。"

她也一如往常，面带微笑地指出应该修改的地方。

"远子小姐，这样不对吧？与其巨细靡遗地描写当下的心情，平淡地描写他默默放手更能打动人心吧？"

"既然这样，至少多加一些动作，让读者可以想象业平是在什么心境之下决定这样做的。"

"唔……也对，那就在他放手之前增加一些描写吧。啊，这样会不会超过页数啊？"

"增加的部分我会在排版时想办法塞进去的，交给我就好了。"

就像这样，我们彼此交换意见，一起创造着故事。

前天我在车站前看到远子小姐和她的男友。

远子小姐和男友牵着手，以非常幸福安详的表情凝视着他。

她看起来好自然，眼中充满了爱意。

远子小姐的男友有种文艺青年的气质，感觉很温柔，长得也不错，和远子小姐这个文学少女十分相配。

我平静地目送着他们两人离去。

对了，我好像还没跟她说过。

"远子小姐，恭喜你要结婚了。"

"怎、怎么突然说这个……"

"因为我一直忘记说。现在能说就现在说，要不然我可能一辈子都说不出来……没有啦，这不重要啦。"

我尴尬地解释以后，远子小姐嫣然一笑，很高兴地说："谢谢你，快斗。"

假日午后，我改好原稿以后，突然想去看看从前每天都去的小图书馆。

搭电车加上走路只花了一个小时就到了，我感慨地想着"原来这地方这么近"。

可是听到初恋情人说她以后不来打工，我就没再来过了。

稍嫌昏暗的室内和拥挤的书柜仍和当时一模一样。

对，我就是在这些书柜之间认识她的。那时我坐在地上哭泣，她温柔地叫了我。

摆放着形形色色世界名著的书柜前有个大约小学三、四年级的男孩，我一看见他就屏住呼吸。

我有一种错觉，仿佛回到过去，遇见当时的自己。

男孩红着眼眶盯着自己的脚，紧握着小小的手，咬着嘴唇，轻轻地吸鼻水。

他和朋友吵架了吗？还是和家人闹得不愉快？

"你怎么了？"

"喂，怎么啦？"

男孩吓得一抖，回过头来。他盈满泪水的眼睛露出怯意，往后退了几步。

"是不是受伤了？还是肚子痛？"

男孩摇摇头。

"那就别哭啦。"

"我、我才没有哭！"

他噘起嘴唇，以稚气的声音回答。可是语气带有哭音，泪水几乎夺眶而出。

我伸手帮他擦去眼中落下的水珠。

"想哭的时候就看书吧，看一些轻松、有趣、开朗的书。这本怎么样？"

我从书柜拿出朱勒·凡尔纳的《环游世界八十天》给他。

男孩将书本抱在怀里，有点期待地看着我。

"这本……真的有趣吗？"

"是啊，你看完再告诉我感想吧。"

他听了就睁大眼睛。

"你……还会再来吗？"

"我和你约定，下周日还会再来。"

要再来喔，到时再一起聊聊书吧。

"嗯！"

男孩点头，眼睛还是睁得大大的。

他抱着书本，离开时还一直回头看我。我对他微笑，他也稍微咧开了嘴。

我想起初恋情人以前在这里给过我的种种幸福。

多么温馨的时光。

多么不可取代的时光。

这时背后有人叫我。

"你是快斗吗?"

开朗甜美的声音。

心脏开始狂跳。

我惊疑不定地回头,看见一位身穿奶油色围裙、抱着书本、一双大眼睛闪闪发亮的娇小女性。

我双腿发软,几乎就要瘫下去了。我硬挤出声音叫她的名字。

"日……日坂小姐!"

我的初恋情人日坂小姐轻轻地微笑着。

"啊!果然是快斗!我在杂志上看到你的特辑时,觉得你变了好多,而且也不确定那是不是本名。好厉害喔,你真的当上作家了呢,恭喜你!"

灵活的大眼睛、开朗的语气,完全是我记忆中的日坂小姐。

只有发型不一样,她以前工作时都是绑两根马尾,现在是自然地披着。

而且不像以前那样笔直柔顺,有点蓬松,不过这样也很适合她。

"你把头发烫鬈了?"

我没头没脑地问道，她嘿嘿地笑了笑。

"不是啦，我的头发本来就有一点自然鬈。一直拉直会伤害发质，所以还是恢复原状了。"

"原、原来是这样。不过，这样也很……可爱。"

这句话脱口而出，我的脸都红了。我到底在说什么啊……

日坂小姐笑眯眯地说："你也学会说客套话了呢。啊，我毕业以后就在这里工作了，不是打工，而是正式入职的图书馆管理员喔。"

"很好啊，日坂小姐是文学少女嘛。"

她听我这么一说，就笑得又害羞又开心。

"能再见到你真是太棒了，快斗。下次再来看书吧。"

日坂小姐正要回去工作，我忍不住叫住她："等等！你今天下班以后，可、可以和我一起吃晚餐吗？我有很多话想和你说！"

我深深地凝视着她，全身热血澎湃沸腾。

"好啊，不过我七点才下班喔。"

我立刻回答"我可以等你"，日坂小姐听了眯起眼睛。

"那就晚点见吧。"

她愉快地说完就走开了。

我仿佛又回到小学时代，心跳不已地呆立原地。

是啊，我有好多话想跟她说。

可是在那之前，我要先把以前说不出口的话说出来，我要问她的住址，告诉她我会写信给她。

我要重新开始。

和亲爱的"文学少女"一起……

后记

大家好，我是野村美月。"文学少女"终于写到最后一集了。

《青涩作家和文学少女编辑》是去年三月底写完的，距今刚好一年左右。现在才写后记，感觉还蛮奇怪的。

本传结束时，我已经决定最后一集要用新人作家和当上编辑的远子这对搭档写出欢乐的尾声。当时我想的是类似反町同学的诗人系列那种插话集的形式，不过考虑到这是全系列的最后一集，写成独立的故事会比较平衡，所以就变成这样了。

一路陪我走来的读者，真的很谢谢你们！看到有读者寄来声情并茂的信，或是认真回覆明信片上的问卷，或是向朋友推荐，我真的好高兴！

上次因为日期未到所以不能透露，现在可以向大家报告了，"文学少女"系列在二〇一一年的"这本轻小说真厉害！"小说项目得到第六名。能够连续上榜五年，让我非常感动。

可以在这五年达到如此成就，都是多亏了各位读者。

经常陪着我长时间讨论的编辑，以及提供漂亮插画的竹冈老师，你们都辛苦了，谢谢你们。

"文学少女"画册的第二集下个月就要发售了，请大家一定要看看那些透明美丽的画，一边回想过去的故事。我还写了甜度加倍的成年远子和心叶的故事喔。

如同书末的广告页所说，下个月就要推出新系列了。

《光在地球之时 1　葵》

"光在地球之时"是新系列的标题。

这是个校园故事，但是看过《源氏物语》的人或许会露出会心的微笑吧。主角不是那个传说中的轻浮人物，而是他的朋友（？），这是个有很多可爱女孩登场的愉快温馨故事。插画一样是由竹冈老师担任！

现在还有促销活动，《光在地球之时 1　葵》和《青涩作家和文学少女编辑》两本都购买即能获赠"光在地球之时加文学少女综合短篇"，请大家务必参加。

FAMI 通官方网站 FB Online 也开始刊登新连载了，这是男孩顶替姐姐去当皇家家庭教师的喜剧，负责插画的是 Karory 老师。请大家也去看看吧~

最后要说的是，因东日本大地震而蒙受灾害的各位，我在此诚心地问候你们。我的老家就在福岛，如今写起后记还是一样心痛，也依旧忍不住担心。我由衷地祈祷各位能尽早恢复正常生活，也祝福大家能保持开朗的心情。

二〇一一年　三月二十七日　野村美月

※ 本书引用、参考了以下著作:

《伊势物语 土佐日记》(中田武司校注、翻译，市古贞次、小田切进编辑，HOLP 出版，一九八六年九月一日发行。)

《飘 1》(玛格丽特·米切尔著，大久保康雄、竹内道之助翻译，河出书房新社出版，一九六四年六月八日发行。)

《飘 2》(玛格丽特·米切尔著，大久保康雄、竹内道之助翻译，河出书房新社出版，一九六四年七月八日发行。)

《哈姆雷特》(莎士比亚着，市河三喜、松浦嘉一翻译，岩波书店出版，一九四九年七月十日第一刷发行，一九五七年六月二十五日改版第十九刷。)

《伊豆的舞女、浅草红团》(川端康成著，HOLP 出版，一九八五年二月一日发行。)

后会有期。